昆山 诗选

昆山 著

中国文史出版社

图书在版编目（CIP）数据

昆山诗选 / 昆山著 . —— 北京：中国文史出版社，2026.6.
—— ISBN 978-7-5205-5279-0

Ⅰ . I227

中国国家版本馆 CIP 数据核字第 2025GE9463 号

出 品 人：彭远国
责任编辑：秦千里

出版发行：中国文史出版社
社　　址：北京市海淀区西八里庄路 69 号院　邮编：100142
电　　话：010-81136606　81136602　81136603（发行部）
传　　真：010-81136655
印　　装：廊坊市海涛印刷有限公司
经　　销：全国新华书店
开　　本：16 开
印　　张：15.5
字　　数：150 千字
版　　次：2025 年 6 月北京第 1 版
印　　次：2025 年 6 月第 1 次印刷
定　　价：58.00 元

序一

昆山者，我同窗好友吴映明之父也。20 世纪 50 年代初，他长期在我的老家虎贝乡工作，所以打从孩童时代，我便常常从大人口中听到有关他的故事。新中国成立初期，读书的人很少，他来农村后，和农民群众同吃同住同劳动，与农民打成一片，倾听群众意见，被人们亲切地称为"小吴"。一提起"小吴"，我村里 80 岁以上的老人，大都还记得他。

他喜爱诗词，在虎贝工作期间便写下许多诗词；大多是生活中经历，信手拈来，如《雪夜行》：

> 三八横身握手中，何愁林暗草惊风。
>
> 寒光直下百三里，雪压山头日已红。

三八是指三八式步枪。百三里是指从虎贝下洋村到宁德城关的距离。那个时代干部纪律很严，上级一有指令，便要连夜立即行动，不管刮风下雨下雪，都要无条件服从。

还有一首《雪天行》，写得也很有趣：

> 踏冰百里越群峰，力尽筋疲肚辘疯。
>
> 米粉五斤盆钵满，一男四女瞬间空。

那是五位青年男女冒雪从宁德城关直上虎贝的故事。

记得 20 世纪 90 年代，我们刚到东莞，还在新科磁电厂打工的时候，读过他刚刚印刷出来一本《昆山诗稿》，诗不多，但所写大多是他几十年的坎坷经历。其中最使我们感动的是一首作于 1962 年春节的《白马行》：

慷慨奔歌白马林，敢凭赤胆对森森。
洪流莫断青云路，暴雨何移志士心？
千里冰悬知傲骨，万重火烈煅真金。
眼前一片冬残野，来日东风尽绿衾。

此书页面上还写着他平生所遵奉的人生格言：

怀万里青云志，守冰晶玉洁身。
行光明磊落事，做顶天立地人。

此警句后被收入中国文史出版社出版的《中华名人格言》中。几十年来昆山先生牢牢坚守自己的承诺，他是这样说的，也是这样做的。

昆山先生这本著作，是他七十多年心血所凝聚之作，值得我们这一代人年轻人认真一读！

黄世霖

2025 年 5 月

（黄世霖，1968 年生，宁德时代新能源公司副董事长）

序二

宝剑锋由磨砺出，芳梅常借雪霜开。

劲松挺立高山上，英杰多从逆境来。

家君出生于动荡年代，对人的成长，尤其是"逆境成才"，深有体味。在他的作品中，常有体现。

他自幼喜爱诗词，小学五年级时候，在班主任导师缪伟、吴祥锦老师指导下，初步熟悉平仄，开始学习写五律、七律。因年纪小，没有生活经历，其作品也没有什么内容，现在留下来的唯一一首诗，是仿效李白《朝发白帝城》所写的《七绝·上学》。

朝辞穆水夜投韩，跨越娘桥十八弯。

汗雨淋留千坎石，棉鞋踏过万重山。

家君1950年参加工作后，分配在宁德虎贝山区农村中，一个人独来独往，又开始他的写作。从1951年到1955年，五年间大约写了100多首，都是七言绝句，"文革"时毁了，现在存留的是他凭记忆恢复的40多首，所写的都是当时的生活经历，如序一提到的《雪天行》。1955年调到机关后，因工作忙，很少写。1961年下放到白马山，开始写七律，写得较多。例如1976年元旦所写的《七律·元旦登鼓山》

巍巍石鼓镇山巅，弹指一挥二十年。

半辈忠贞为国碌，一生清白问谁怜？

未曾虎豹啃皮骨，常与妖魔斗地天。

不怕前航礁浪险，扬帆紧把红灯悬。

诗句慷慨激昂，可以看出，尽管个人有冤，但对党、对事业始终忠心耿耿。

家君"文革"中受到一些冲击，也曾写过一些悲观诗句，但粉碎"四人帮"后，得到彻底平反，又重新活跃起来，如《游行之夜——福州庆祝十一大》：

> 万道霞光飞彩虹，神州爆竹唤春风。
> 龙灯狮舞凯歌里，火树银花喜庆中。
> 百斗千星同拱北，三江四海尽朝东。
> 倾盆洗净人间秽，还我山河一片红。

家君1994年从机关退休后，跟随我们几个同学到广东东莞下海，看到改革开放一片大好形势，心花怒放，开始了大量创作，特别对我们创办锂电池事业给予最大鼓励。如1999年春节，在我们的事业起步最艰难的时刻，他分别给曾毓群、黄世霖、左允文三个同学发了贺年卡，写了三首诗：

> 十年磨剑应天来，千里寒云竟日开。
> 莫问南空晴与雨，全凭赤手创蓬莱。
>
> 春江水急浪淘沙，束发黄童南国花。
> 千尺悬桥飞步上，当临绝顶焕芳华。
>
> 方庆红梅修硕果，又闻绿竹长新枝。
> 八闽花草南疆种，万紫千红天下奇。

这期间他除律、绝外，开始大量填词，三十多年来，共填了1300多首。他对词情有独钟，出版了《填词初步》《古今常用词律》《昆山词选》《昆山书院诗词》《昆山诗词吟唱集》等词类书籍。此外，还出版了《天云特影》《白马山传奇》两部小说。

诗方面，相对投入较少。21世纪初，虽曾自印过《昆山诗稿》一、二集，但未经出版社出版，印量少，早已分完。应很多诗友要求，这次家君决定在现存的一千多首律、绝和折枝诗中精选一部分，结集为《昆山诗选》出版。

由于时间仓促，难免纰漏，请诗友们原谅，并给予及时纠正，无限感激！

吴映明

2025 年 5 月 8 日

（吴映明，1967 年生，东北大学毕业，现任宁德时代新能源公司监事会主席，江苏时代新能源公司总经理）

目　录

书院展览诗词

律　诗

壹、白马山时期　/ 28

贰、六七十年代　/ 34

叁、改革开放后　/ 39

肆、新时期作品（2013—2017） / 50

绝　句

4

贰、白马山时期（1959—1965） / 105

叁、六七十年代 / 109

肆、八十年代前后 / 114

伍、新世纪初期 / 120

折枝诗选

书院展览诗词

除夕瑞雪

鹅毛飘荡众山封，白马青鞍铺白绒。

今日普天成一色，他时大地发千红。

冰砖压冻万虫灭，雪水浇培五谷丰。

待看来年秋熟后，人间处处尽春风。

注：此诗作于1961年除夕白马山林场。春风，意指灾荒渡过，大地回春。

白马行

慷慨奔歌白马林，敢凭赤胆对森森。

洪流莫断青云路，暴雨何移志士心？

千里冰悬知傲骨，万重火烈煅真金。

眼前一片冬残野，来日东风尽绿衾。

注：作于1962年春节。

赠友

暑往寒来又一冬，人生谁不惜相逢。

甘当松柏千年绿，何苦冰霜百日蒙。

泼墨门庭惊梦蝶，无形链锁困蛟龙。

游禽远去休相恋，寄草芳涯水再东。

我国第一颗人造卫星上天

红色卫星游太空，环球响彻《东方红》。

亚非拉美群氓笑，克姆白宫众蚁哄。

讹诈阳谋成泡影，瓜分美梦落清风。

百年沉睡巨狮吼，饿虎馋狼霸运终。

注：作于 1970 年 4 月。

大泽硝烟

深山何故起硝烟，万马奔驰大泽边。

横锁蛟龙穿卧虎，长驱碧水绘新天。

千年鬼谷春雷紧，百里狼窝战火连。

寂寞麒麟今可笑，愚公儿女有三千。

大泽溪电站发电

鬼谷狼窝摆战场，三年苦战谱新章。

麒麟眼闪千村亮，白鹤灯明百业昌。

金水黄龙喷玉雪，青山绿岛披霓裳。

鳌湖锦绣重开画，天国游魂返故乡。

注：作于 1974 年 1 月。

司机赞

大泽蜂峦战气豪，层层云海浪滔滔。

风驰电掣飞山险，斗满车盈跳岭高。

灯照晨空神鬼避，雷鸣夜谷虎狼逃。

长驱碧水庆功日，金榜长书铁马劳。

注：1972 年 11 月，写于陈洋。

春雷

霹雳一声传九号，八闽山水起波涛。

雷轰林国贼船乱，火指寒宫鼠辈嚎。

天上魔王已伏法，人间鬼魅谅难逃。

孽根除尽神州振，红色山河永保牢。

注：作于1974年4月。

答叶于元

依稀别梦忆韩城，小少同窗志未成。

廿载风云吹白发，一春精力付光明。

黄金岁月蹉跎尽，壮丽江山霹雳更。

莫老徘徊悲失足，天涯寂寞好鸣笙。

注：作于1974年5月。叶为作者同学，黑龙江省水利厅工程师，曾被错划为右派，后平反。

元旦登鼓山

巍巍石鼓镇山巅，弹指一挥二十年。

半辈忠贞为国碌，一生清白问谁怜？

未曾虎豹啃皮骨，常与妖魔斗地天。

不怕前航礁浪险，扬帆紧把红灯悬。

注：1976年1月1日作于榕。

"四五"天安门事件

八亿神州泪未干，风云突变起狂澜。

北京城上红旗乱，黄浦江心黑浪翻。

先烈骨灰沉海底，健儿热血洒天安。

中原万马无声日，静听春雷震宇寰。

注：作于 1976 年 4 月 8 日。

初传喜讯

忽报红都锁鬼魈，中天云密露晨曦。

十年水漫船为路，八载烟迷蛇作龟。

千岁高谈纲与线，万民只虑食和衣。

忠魂撼断江南雨，不教神州哭健儿。

注：作于 1976 年 10 月 11 日。

电讯蟾宫

摘日遮天黑手长，弄权谋位起灾殃。

卅年潜伏野心现，十载横行丑相彰。

乱世妖群还白骨，红都女帝枕黄粱。

魔云扫净宇清日，报讯蟾宫慰慧翔。

注：作于 1976 年 12 月。慧，杨开慧；翔，先翔。

游行之夜

——福州庆祝十一大

万道霞光飞彩虹，神州爆竹唤春风。

龙灯狮舞凯歌里，火树银花喜庆中。

百斗千星同拱北，三江四海尽朝东。

倾盆洗净人间秽，还我山河一片红。

注：作于 1977 年 8 月。

悼毕晚运

二十八年为国酬，鞠躬尽瘁砥中流。

横眉冷对黑帮指，俯首甘为革命牛。

留取丹心昭日月，拼将赤血洒春秋。

悲歌壮曲惊天地，怒把群魔一网收。

注：作于 1977 年 11 月。毕为宁德县委副书记，"文革"中被"四人帮"迫害致死。

送瘟君

几曾叱咤宠权机，未熟黄粱梦蝶吹。

十载横行螃蟹醉，一朝树倒猢狲悲。

宁川百姓开心日，林国两邦断望时。

败叶残枝收拾净，山河万里尽晨曦。

注：作于 1977 年 8 月。

同游古山题照

此生几度共挽携，壮志未酬鬓发稀。

举眼神宫还旧佛，凭栏大地换新衣。

黄金岁月逝波浪，锦绣山河逐鬼魑。

欣喜前程春色美，好将夙愿托娇儿。

胡爷悲

黩武穷兵霸主迷，忘恩负义背良知。

金边城下狸猫立，友谊关前炮火弥。

北极熊宫赫子笑，西天仙阁胡爷悲。

卅年空洒断头血，不肖儿孙又作骑。

注：作于 1979 年 3 月。

边塞烽火

雄师十万赴边烽，千里南疆烈火红。

"百胜王牌"成腐土，"三强神话"化清风。

印支小霸声威扫，北极大熊妙算空。

自古和亲非正策，须凭枪炮教黎同。

注：作于 1979 年 3 月。黎同，黎笋、范文同。

读史

太平原是将军定，几见将军享太平？

误失黄沙抛白骨，荣归碧血染长缨。

勿疑孙子林园隐，且看淮阴尸骨横。

汗马功高防震主，禽亡兔死狗当烹。

注：作于 1986 年 5 月。淮阴，淮阴侯，韩信。

因宜德台商迁址而作

凤凰何事易神坛？五月芳华一夜残。

酩酊移弦他国庆，朦胧拆寨故人寒。

西山土瘠花难长，乐水桥危岸不宽。

只恐玉华烟瘴路，林深台滑雾漫漫。

注：作于 1989 年 5 月，宜德公司本是闽东引进的首家台企，在宁德投产后，因受一些人蛊惑，匆匆迁到内地将乐，因经营不善而停业。

南际山台风过后

昨夜天狂风雨横，晨回雨静万山清。

林间不见游人语，溪谷但闻飞瀑鸣。

枯叶残枝堆满路，黄莺紫燕渺无声。

新来蜂蝶最知趣，一路纷纷伴我行。

注：作于 1998 年 8 月。

劫后赠学友

匆别韩书五十年，韶华如梦化云烟。

天凭赤剑乾坤改，地卷魔旗草木煎。

幸有圣贤收乱局，更蒙英杰挽沉船。

熙熙攘攘看来世，皎皎神州尧舜连。

注：作于 2000 年。

庆祝政协二十周年

生逢改革大潮流，风雨同行二十秋。

日月亏盈肝胆照，山河震荡策筹谋。

宁川万里高楼接，感德千峰达道修。

今夕一堂歌盛世，勿忘洒酒告先俦。

注：写于 2000 年。

东莞晨望

巨人一曲绿南窗，海市关山装点忙。

铺地楼群歌锦绣，照天虹炬比辉煌。

十千洋凤栖东水，百万村姑入莞堂。

穿鼻门沉烟炮恨，乾更坤改醒狮翔。

注：写于 2000 年。

红旗老人会二十周年

擎起红旗二十年，夕阳胜景映新天。

培英斋内怀先烈，元敬祠前育后贤。

文体桂冠垂盛世，诗词翰墨润乡田。

如今更喜福星照，逸乐逍遥不羡仙。

注：写于 2000 年。

题照

对镜观灯结白头，花红花落四三秋。

渡完宦海波和浪，看透人间恩与仇。

只望平安长伴老，不图富贵笑封侯。

同行师友半湮没，风烛余生尚几游？

注：作于 2000 年。

鹤鸣诗社十五周年

白鹤鸣诗十五年，宁阳风雨唤新天。

城湖十里云楼锁，山海百川桥洞连。

夺冠名扬驰众骥，折枝韵美乐群贤。

今朝歌尽杯中酒，笑问蓬瀛路几千？

注：写于 2003 年 10 月。

上海世博申办成功

动地惊雷喜讯扬，浦江两岸尽疯狂。

妇孺老少同欢舞，黑白棕黄共引吭。

寒夜高歌端玉液，小冬大市沐春阳。

奥申世博双双捷，天下尖黄齐举觞。

注：写于 2002 年 12 月。

西方"预言家"的破产

终日汪汪妒火烧，可怜桀犬不知尧。

虾蟆总想天鹅坠，螃蟹空将水月撩。

算命先生惊失卜，卖瓜贩子痛折腰。

长城万里巍巍立，却见金元大厦摇。

注：从 20 世纪 90 年代起，许多西方"预言家"不断散布说中国将出现粮食危机，政治、经济动荡等谬论，如今都破产了。

回乡

十载还家故道宽，楼房依旧外墙残。

阿婆煮粽忙菇笋，大婶宰鸡蒸饺丸。

茶篓红姑披链镯，樵歌童侣正衣冠。

月斜天老人如梦，犹抱儿时照细看。

注：原写于 1963 年。

八十怀梦

少小离家志未酬，寒窗追梦六三周。

群科踏尽千山老，一事无成两鬓秋。

诗国乾坤求自乐，宦池红黑看人洇。

前行师友慢招手，水击还余二百州。

注：写于 2012 年底。

回忆外婆家

一晃铜山又十年，儿时樵曲刻心田。

人从波浪孤帆远，天满烟云万念悬。

大雪消融花影渺，银灯闪烁梦魂牵。

欲还故地寻芳迹，荆棘丛生马不前。

南岸冬晨速描

竹柳摇来朔北风，湖莲枯老刺球红。

云山缥缈凌仙阁，楼塔沉浮动水宫。

求偶高歌双翠鸟，行帆下网一皤翁。

西藏明月依然笑，想必嫦娥懒梦中。

注：写于 2012 年冬。

为甥荣归而作

四年前，甥因高考发挥失常，只取农大，一时耿耿于怀，我曾赠七律一首为之勉励，今年他为加拿大圭尔夫大学录取读硕士，并荣获银质总督奖章及全额奖学金，偕同女友探亲归来，全家欣喜之际，特将原诗韵倒转再谱七律一首。

雄关虽渡亦平庸，不可骄横忘警钟。

果盛花繁防断雨，衣丰食足应思农。

此行琼峡高千丈，更有蓬山路万重。

天任斯人先苦志，洪炉烈火唤新龙。

注：写于 2013 年春。

蛇年海域危机

蛇来龙往正风雷，南海钓鱼战鼓催。

山姆运筹伸黑手，鬼倭粉墨入前台。

外甥谋舅因图利，白眼忘恩只认财。

欲警众猴须亮剑，谁家呆子作鸡哉？

注：写于 2013 年 2 月。

新城观感

座座云楼直向天，红球高荡彩幡悬。

八方雏凤仙城落，千里霓虹海国牵。

莫恼青藤攀老树，且看新秀胜前贤。

愿酬微力添砖瓦，坚信明朝花更妍！

注：写于 2013 年 3 月。

鸿沟

美酒豪车舞玉楼，官民恐已隔鸿沟。

苍蝇肆虐千夫咒，老虎潜藏百姓忧。

小小蛀蝼能毁坝，重重积雨可沉舟。

兴亡史鉴醒纨绔，莫使英灵悔断头。

注：写于 2013 年 4 月。

深山牧女

云中沐浴草中长，风雪难凋小丽娘。

菇笋当馐茹作饭，竹茅架屋板为墙。

四时全共牛羊乐，半辈未闻罗绮香。

不用城门虹彩照，青梅早有旧盟莺。

菲律宾枪杀台湾渔民

疯狂杀戮是何由？世代沾亲未染仇。

海盗操行心似蝎，流氓衣钵气如牛。

广修弦弩防馋虎，小试鸡刀逐赖猴。

两岸同携还祖业，不容鼠蚀与狐偷。

注：写于 2013 年 5 月。

秋思（步陆游原韵）

功名利禄火驱牛？谁省江湖鹭与鸥？

喜鹊巢成危亦住，春蚕丝尽梦方休。

长虹辉耀新人俏，广厦巍峨寒士秋。

子美欢颜呼陆簿，元龙百尺不高楼。

注：陆簿指陆游，曾任宁德县主簿。

附：陆游《秋思》

利欲驱人万火牛，江湖浪迹一沙鸥。

日长似岁闲方觉，事大如天醉亦休。

砧杵敲残深巷月，井梧摇落故园秋。

欲舒老眼无高处，安得元龙百尺楼。

步阮荣登先生《答谢》原韵

高榻吟哦四月余，诗才无改健时粗。

知春杨柳知还绿，不信东风不复初。

疴海未沉霄壤志，雄心待展鹄鸿途。

吉人天相先劳骨，叱驭归来大任敷。

注：作于 2002 年。

附：阮荣登先生《答谢驿坛诸及亲朋向病》

病尚悬丝药石余，此心无复那时粗。

亲朋且喜勤临榻，气血容将健似初。

纵使长天垂劲翼，矜抛寸泪哭穷途。

时年我已难肩任，筋骨何愁又不敷。

和林达正先生咏雪诗

飞花亿万下扬州，感德群峰尽玉虬。

鳌海金蛟缠素褂，镜台神女展凝眸。

天凭雪剑诛螽蛀，人望冰波逐浊流。

装点关山迎盛世，嫣红姹紫即开头。

注：作于 2003 年。

附：达正先生原诗

鹅毛飘荡遍神州，地裹银装舞玉虬。

二十宏图开富路，三千冰界豁明眸。

昆仑尤喜添佳景，渭水还教止浊流。

老我狂欢久不尽，盛朝更喜好年头。

试和心源君《重阳约友不至》

岁岁重阳访旧游，湖天沙畔识闲鸥，
攀楼观海遗深印，踏鹤登云舒远眸。
半月寒星悬万念，一杯浊酒笑千愁。
似君前旅光无限，何必区区挂齿留，

注：作于 2005 年。

附：心源君《重阳约友不至》

结契曾教忆旧游，相依相伴似闲鸥。
白云江浒笼低树，红叶峰前悦远眸。
事业认真勤作役，乡书重到检添愁。
思君今恨君违约，逐队衫裙去不留。

试步孝钧诗友《新春咏怀》

玉带飘来万象鲜，湖塘装点更无前。
城楼百市浮金塔，桥岛三园映绿莲。
尘世繁花知盛岁，天宫明月问何年？
东风沐浴人休老，暮酒朝歌钓柳边。

注：写于 2009 年春。三园，南、北岸和大门山公园。

附：孝钧诗友《新春咏怀》原诗

遥看新城万象鲜，春风欲接眼帘前。
一层雾气浮高塔，万道霞光映彩莲。
望里风华同样老，雨中苍海不知年。
生来徒羡闲云志，肝胆长留日照边。

注：塔，即灵瑞塔；莲，即莲花山。

试和孝钧老师赠诗

两鬓繁霜戟未消，黄花瘦尽不堪描。
几回沧海难为水，五味平生爱弄潮。
诗入寒门寻杜句，曲逢盛世奏箫韶。
志坛雁去春常在，更喜鹤鸣来者骄。

注：作于 2009 年春。

附：孝钧老师原诗

闻道流寒半已消，绕城新绿画工描。
梦中诗要开来句，心底波涛启后潮。
好酒一杯添逸兴，喜君数简送春韶。
志坛记否同飞雪，未绽疏梅着意骄。

注：15 年前因地方修志与吴培昆老师搭档，今在诗社续缘，有感作此。

夜宿山村

—— 试和孝钧老师《习作再寄》诗（倒转原玉）

雨后山花别样红，牧童指引会村翁。
几家农舍尘烟里，一片菇棚笑语中。
月夜劈柴烹美酒，黎明荷蛋送春风。
衣衫古朴真情富，愿我神州早大同。

注：写于 2009 年。忆甲戌年因编志曾走访某村。

附：孝钧老师《七律·习作再寄吴培昆老师》

记得当年志趣同，芭蕉城上坐春风。
茫茫岁月沧桑里，侃侃言谈感慨中。
酷夏四方寻故垒，严冬一意访村翁。
人生富有惟书卷，日照心丹数点红。

试和孝钧老师《寄诸会友》诗

休谓疏慵愧有赊，频频佳作见文华。

喜传庾岭新梅秀，不信长江后浪差。

铁笔纵横胸溢墨，琼珠璀璨表无瑕。

千珍百味随君乐，何必烹鱼煮豆芽。

注：写于 2009 年。

附：孝钧老师《七律·赠吴培昆老师兼寄诸会友》

两载深情愧有赊，诗书相伴度年华。

羡君洒脱千篇好，笑我疏慵别样差。

金玉苦研新世味，芝兰易染旧时瑕。

纵然老叟推心热，尽是烹鱼煮豆芽。

和彭孔华老师《海峡两岸三通感怀》

六十年来骨肉离，亲人隔岸苦相思。

小潭挣扎鱼无水，大树盘旋鹊有枝。

促统促谈回正道，互通互利合天时。

炎黄子弟同携手，看我昆仑旭日熹。

注：作于 2009 年。

附：彭孔华老师原诗

海内一家成愿景，月圆两岸系情思。

锦毡铺道迎袍袆，鹏鸟凌霄送桂枝。

对酒溯言豪迈事，挥毫描绘复兴时。

同舟笑傲西风雪，东土新程曙色熹。

次韵试和周孝钧老师《过绣花楼感赋》

花楼奇史听君哀，金粉银灯入梦来。

千古红颜多少笑，一抔黄土几重埋。

天河变幻虽难测，人海浮沉略可猜。

因乐诗书疲问世，任凭群蔓锁庭阶。

注：写于 2009 年。

附：周孝钧老师《过绣花楼感赋》

绣阁封灯亦可哀，载将遗憾暮中来。

靓妆倩影随尘渺，错臂金针殁土埋。

知有风情惊蜕变，更无姓字费疑猜。

中南回梦相愁对，细雨苍苔满石阶。

注：绣花楼位于市区中南路，为明万历年间古建筑，今路过见已破败不堪，感而有作。

次韵试和栋森老师《踏青》

鸣蛙阵阵柳含烟，枕草如茵似忘年。

戏水沙鸥情漠漠，逐花粉蝶意绵绵。

迎风有话莺长唤，听雨无声蝉入眠。

满目芳菲人若醉，一轮红日正中天。

注：作于 2009 年。

附：栋森老师《踏青》

平芜入眺碧流烟，爽气峥嵘似少年。

欲启深帷探旖旎，翻寻红粉致缠绵。

轻寒不息林花闹，细雨初惊卧蛰眠。

久立芳菲浑未觉，灯霞遥染暮云天。

和心源君《花朝前十日（一）》

诗坛十载识雄词，织锦描花勤献丝。

剑气纵横高不傲，人情练达善非痴。

运交华盖行须健，志在青云神可颐。

千里归来吟伯乐，月圆时节应君知。

注：作于 2009 年。

附：心源君《花朝前十日》

十年微抱负穷词，春已阑珊柳已丝。

倏忽光阴驹过隙，无凭蓬梗梦何痴。

材非樗栎谁青眼，诗有牢骚自解颐。

大块容君复容我，夙根星命颇难知。

放翁游鹤里

岁月悠悠八百秋，喜还白鹤故园游。

王师有后兴红国，胡马随尘葬古丘。

卜算梅馨何惧妒，钗头凤老应重修。

东湖广厦万千幢，胜比元龙百尺楼。

注：1.陆游词有卜算子、钗头凤。2.陆游诗《秋思》有："安得元龙百尺楼"句。

南岸之晨

天垂山隐水迢迢，风引涟漪楼阁摇。

歌送龙君巫峡梦，曲盈侨女楚宫腰。

霭云浮起半身塔，车笛鸣穿百丈桥。

碧落琼瑶乘鹤处，凤台弄玉正吹箫。

东海防空识别区

2013 年 11 月 23 日我国公布东海防空识别区，台湾苏贞昌跳出来猛批大陆搞"区域霸权"，大喊大叫，声言要联合美、日来对付中国，让人感觉可笑。

六十年前早划区，海空唯有霸王居。

州官放火无须问，百姓提灯必欲除？

伙伴停锣知理短，仆奴擂鼓恐心虚。

跟随鹦鹉学牙舌，堪笑独头空读书。

冬晨

昨夜荧屏报朔风，晨曦依旧舞从容。

束腰佳丽围机跳，觅食饥鸥贴水冲。

高树叽喳藏宿鸟，远山皑白寂鸣蛩。

红黄紫绿如春梦，自古东闽难见冬。

为强军利器频现而作

少时曾读朱老总《寄南征诸将》一诗，加以背诵；近日读杜甫诗，才知其用的是《秋兴》之一诗韵，对偶韵诗如此流畅，甚为感慨。近来，因有感于我强军利器频现，特依其韵也试谱一首。

华都贤士建奇功，新剑频频亮掌中。

帝国乌鸦啼落月，神州春燕舞东风。

封围黑链闻雷断，屹立明灯映海红。

笑看魔王空造梦，何来鹬蚌候渔翁？

附：朱德《寄南征诸将》

南征诸将建奇功，胜算全操在掌中。
国贼军心惊落叶，雄师士气胜秋风。
独裁政体沉云黑，解放旌旗满地红。
锦绣河山收拾好，万民尽作主人翁。

晨练途中

晨曦一路杜鹃红，花照行人迷惘中。
老屋啼乌声戚戚，虹桥鸣笛雨蒙蒙。
榭台归去众歌女，竹棹撑来孤钓翁。
幸得雀儿驱寂寞，叽喳欢跳似顽童。

水榭夏晨

天连海接雾蒙蒙，世界三千迷惘中。
鸥鹭盘旋湖底塔，鱼虾嬉戏水晶宫。
追名须警云端坠，逐利多从市井终。
花落花红春似梦，年年来去尽匆匆。

反贪惩腐

反贪惩腐见奇功，老虎苍蝇尽掌中。
多少官商同结网，几时权色竟成风？
清除封建千年滓，还我山河万岁红。
井冈延安嗣有后，长征接棒笑毛翁。

注：用朱德《寄南征诸将》、杜甫《秋兴》原诗韵。

冬晨

东闽稚子不知冬，依旧滚爬青草丛。

北国天冰连地雪，南园树绿更花红。

游鱼欢跃波光里，宿鸟高吟枝干中。

忽听机歌传练曲，翩翩蝴蝶舞晨风。

校友重聚

六十六年弹指间，银丝雪鬓换红颜。

皇皇校曲声犹耳，耿耿鸿图志逝烟。

鬼逐妖擒清宇宙，孙贤子孝慰心田。

中兴旭日如尧舜，击水重泅两万天！

注：1.原一中校曲有："我校皇皇，宸山之央"句。2.喻六十六年合两万多天。

晨登塔山

八载未从如意游，环山四望尽华楼。

万家琼阁笙歌舞，十里长虹车马流。

五代舜尧称百国，卅年功业胜千秋。

一轮红日升东亚，紫气漫漫暖七洲。

注：1.如意，塔山塔名。2.七洲，世界七大洲。

春日晨练

山头开遍杜鹃红，堤面吹来杨柳风。

小鹊跃枝迎陌客，黄莺隔雾唱长空。

舞衣飘荡青春女，闪剑纵横白发翁。
但见一轮东海起，歌停人去各匆匆。

南海军演

南海三军壮气豪，迎风破浪亮真刀。
大轰振翅关山动，新箭穿云天日高。
霸主心寒凶焰缩，瘪奴胆碎哈腰逃。
谋台毒贩暗中苦，无计绿宫披蟒袍。

注：毒，独也。

附：明世宗朱厚熜原诗

大将南征胆气豪，腰横秋水雁翎刀。
风吹鼍鼓山河动，电闪旌旗日月高。
天上麒麟原有种，穴中蝼蚁岂能逃。
太平待诏归来日，朕与先生解战袍。

新居随笔

一片琼楼旁水悬，沿湖鸥鹭舞翩跹。
云浮山塔屏中照，灯闪虹桥车下连。
入梦风摇花绕树，凌晨月落雀鸣田。
衰翁千载渔舟火，今化皇皇不夜天。

东湖雾日

雾漫东湖景更奇，楼如雪笋路如蛇。
桥横醇海车防醉，山裹霓裳塔欲飞。

翠鸟成群鸣岸树，丽人携侣舞瑶池。

孤舟笠叟红莲唱，噼啪声中鱼满箕。

注：1. 红莲歌，闽东民间流行的爱情歌曲。2. 噼啪，此地捕鱼者多用竹竿拍水赶鱼入网。

建文帝塑像

六百年来迷案陈，西洋七下觅亡身。

诵经佛畔甬囚楚，隐迹桃源好避秦。

三丈塑雕威凛凛，四方游客敬纷纷。

允炆若晓今番贵，无悔当年靖难辰。

注：1. 宁德上金贝村近年建造一建文帝巨型塑像。2. 西洋七下，指郑和七次下南洋。

春野

又见山头蛇炮红，翩翩蝴蝶舞春丛。

黄莺歌散杏花雨，紫燕剪来杨柳风。

天阙洞开鸿逝北，桃芳飘落水流东。

年年郊野添新画，两鬓垂霜心在童。

注：蛇炮，闽东方言称杜鹃花。

春晚

黄梅连雨树生丫，绿浸长堤忘问花。

玉阁酣歌倾管笛，寒楼观月赏枇杷。

风摇岸竹掠飞鹭，水涨亭池鸣宿蛙。

宝塔夜深灯睡去，良人梯响正还家。

听某妇倾诉

前朝陈世美，今日遍城郊。
财大发妻弃，官高二奶包。
脸皮全不捡，恩义早轻抛。
呼唤包公铡，严将新美教。

名坟

曾伏西山虎，又擒东海蛟。
身名盈邑里，家库满银钞。
宝座轮新贵，银屏换美姣。
今日坟台上，狐兔宿荒茅。

时代婚书

飞花明月夜，歌舞伴鸳俦。
结偶三生定，同床百世修。
宁乡耕岁月，时代写春秋。
孟案齐眉举，相濡到白头。

冠冕带

一朝冠冕带，平步上青天。
见客名烟敬，出门车马牵。
行程登影视，赴宴尽华筵。
钞票源源泊，娇娥处处缠。

高堂传马列，暗室拜神仙。

好梦还多久？风声鹤唳连。

莺啼序　春光白马赋

寒禽远疏白马，正春光万里。妙龄女、纷聚茶山，婀娜迎风声蜚。东冲口、千帆聚集，滔滔浪似天锅沸。

又一回，聚约春光，星云谁寄。

悉数千年，几番焚燹，几多英雄泪。黄岳祖，慷慨投渊，只为忠贞不二。结奇缘，青山不老；斩妖孽，侠行闻世。赏月宵，借茗题诗，令诸仙醉。

披荆斩棘，重驾宏轮，新茗昂新辈。展画卷、条条飘带，落落亭园，满目黄金，满山翡翠。太阳灯下，蠡娥自灭，有机肥把科研魅。借宝潭，今古都传记。先贤返梓，竟将白马群峰，认作蓬莱山址。

中华世纪，新马腾空，纳百川桃李。俏八骏，五洲驰骥，破浪乘风；四海遨游，扬鞭振翅。山岚海雾，朝浇夜灌；甘霖琼浆天生赐。问诸君、娇艳谁能比。凝眸万里神州，琴瑟初调，凯歌方起。

律　诗

壹、白马山时期

本人七十多年经历中有两个低谷。一是 1961 年 1 月因受人陷害，被下放到白马山油茶林场，含冤受屈。二是"文革"期间，因环境恶劣，当时虽写下了许多不满诗句，但由于对党对祖国初心不改，在平反之后，改了过来，为记住教训，特将原作保留下来。

蒲岑路上

含冤咽泪上青山，黑白全颠天道残。

报国无门悲壮志，沉船有恨认权奸。

十年面壁春江逝，一剑酬仇搏浪寒。

堪笑惜身留粪土，只为儿老渡生难。

注：作于 1961 年 1 月 4 日。

思 乡

十载奔波落异乡，何人不教思爷娘。

一山屏坐千山隔，百里悬崖万里长。

满腹辛酸无处吐，通天冤屈有谁详！

茫茫宦海何方泊？流水落花枉断肠。

注：作于 1961 年 3 月沃里路上。

雪地牧鹅

朔风怒号逐寒禽，大地茫茫一片阴。

头顶黑云如鼎覆，脚缠薄履若针侵。

群峰披皑百川断，千木凋零万籁暗。

幸得红梅芳照雪，白鹅相伴作知音。

注：作于 1962 年 12 月。

风雨孤楼二首

一

狂风怒号孤楼边，暴雨临空百感连。

天上三光迷雾霭，人间五鬼乱坤乾。

千村哀号飞冥蝶，一幅雄图化青烟。

瓦罐轰鸣花落去，黄种隐匿问何年？

注：写于 1961 年 4 月白马山牛尾洋茅楼。

二

今日寒潮明日霜，前程渺渺又茫茫。

苍天怒号鸣蜇寂，大地枯黄宿鸟伤。

百绊羁身僵手足，千愁缠脑乱肝肠。

崎岖道满男儿泪，深悔当初不自强？

注：写作于 1961 年 4 月白马山牛尾洋茅楼。

五月横风

五月横风急雨连，浓云滚滚日沉湮。

雷鸣电闪孤鸿震，地动山摇小屋颠。

逆子穷途知母训，愚氓屈辱受秦鞭？

东君无力百花怨，玄女何时来补天？

注：写于 1957 年 5 月。

盐场风波

才接红书报喜罗，忽然平地起风波。

调情取笑乐如旧，拍桌横枪怒什么？

一片忠肝防妲己，毕生功业慎萧何。

浓云渐掩银钩月，此去前程凶险多！

注：写于 19960 年 8 月在南程盐场。

赠宋徽诗

苒别韩窗整十年，故人四散各云天。

韶华春梦花何在？壮志琼霄马不前。

莺燕欢歌追日月，乌鸦遗老哭桑田。

空怀满腹千秋略，只恨无缘把线牵。

注：宋徽是初中同学。

三月三日

同舟四载雨风频，比翼双飞情义真。

阵阵波涛惊又险，层层藜藿苦和辛。

寒梅雪压红芳艳，霜竹春回绿叶新。

但愿他时冤海尽，寻珠采桂报恩亲。

注：1961 年 3 月 3 日写于白马山林场。

五年比翼

五年比翼饮茹辛，清月蓝天皎皎心。
对镜初逢倾凤愿，观花元夜醉知音。
年年莫把双三忘，岁岁长将四一吟。
风雨舟横知义胆，人间谁有君恩深！

注：1962 年 11 月 11 日写于白马山林场。

某客画像

脸载慈悲衣佛袍，口含糖蜜腹存刀。
谋权争利功夫熟，换日偷天本领高。
窃狗摸鸡称惯手，吹牛拍马是英豪。
他时若得黄龙剑，定把馋妖抛怒涛。

注：1963 年 7 月写于榕。

寂寞咏怀

志在青云身坠流，蝇头蜗角我何求。
掩门逐却蛮鸦吵，闭户不闻狼虎揉。
寂寞诗书好作伴，闲阑琴曲且消愁。
只为故梓烟瘴重，愿泊深山觅自由。

注：作于 1964 年 7 月。

夜海之光

夜海天传一线光，欲狂欲喜又惶惶。
三年冰雪山河暗，四载辛酸日月长。

魔峡无舟还故里，阳关有道望仙乡。

春雷但愿归来早，莫教凡夫望断肠。

注：作于 1964 年 9 月。

身无立足

身无立足任风飘，东讨西求拆断腰。

黑佛不怜无供汉，青仙难起再生桥。

沉冤数载赤心裂，申雪无门怒火烧。

几度晨霞又复暗，前程万里更迢迢。

注：作于 1965 年 4 月。

夏草春花

夏草春花觉晓迟，似凡似梦醉如痴。

娇儿无计寻糖果，病老都为愁食衣。

苦海桥船悲已断，残年风烛叹何依？

流离颠沛烟尘里，且问苍天到几时？

注：写于 1964 年 7 月。

守竿呆子

为爱名花拼死缠，穹愁万万苦千千。

黄粱未熟秋波短，桃酒方甜春怨绵。

脱钓游鱼惊返穴，守竿呆子尚垂涎。

单思泪洒襟衫湿，骨瘦肌枯实可怜。

注：作于 1963 年 12 月，写于 1964 年 5 月。

赤溪铁厂

赤水高炉忙不停，群氓载月又披星。

端盆河畔洗沙队，伐木山中烧炭营。

凛夜风狂花绕树，凌晨火炽铁成型。

盈门战斗歌声起，呼取头名上北京。

注：作于 1959 年 1 月。花，雪花。

贰、六七十年代

北郊秋祭

风狂宴冷酒穿心，遍地黄花萧瑟临。

南岑愁云方遣去，西山阴雾复相侵。

猿猴沐冠兰芝毁，鸡犬升天玉石沉。

天理不知何处去？几家欢乐万家暗。

注：写于 1968 年 11 月。

白骨废墟怨

二年忙碌有何功，万命全操铁掌中。

赶罢豺狼来虎豹，饱偿血雨又腥风。

抬头但见鹿如马，低首恨迷西作东。

白骨废墟休自怨，山河未改旧颜容。

注：作于 1968 年 12 月。

天循地转

天循地转我何求，慷慨奔歌激浪流。

未指名华未指利，不为恩怨不为仇。

英雄喋血黄花地，壮士留魂绿叶洲。

矫首横刀悲作笑，古来忠骨有人收。

注：作于 1968 年 12 月被"四人帮"押解林场路上。

路遇

三年为我尽惶惶，八月铁窗鹰犬狂。

未谒芳颜心已碎，方闻雏语泪先汪。

一双泥足千斤重，七尺天河万里长。

此去前航波浪险，深秋时节莫苍黄。

注：作于 1970 年 4 月。

铁窗掠影

铁窗掠影苦红颜，春暖花香人未还。

长夜枕横千斗泪，凌晨雾锁万重山。

迷途早料风云恶，失足何防陷阱宽！

明镜苍天今在否，谁来为我挽狂澜？

注：作于 1970 年 1 月一中"学习班"。

血染红裳

血染红裳泪染襟，四年大梦痛方醒！

勤王尽落群奸算，"造反"招来遍地腥。

九死一生文字狱，三灾六难"倒韩经"。

白云深处飘冤魄，何日春回草木青。

注：作于 1970 年 5 月于学习班。

狗烹

抛脱布衣易锦袍，狰狞两面又三刀。

忘恩负义天良绝，卖友求荣戏法高。

回马暗枪伤手足，乘龙奸计引波涛。

谁知兔死鸟亡后，大宴汤锅狗也熬。

注：作于1971年春节大泽溪指挥部。

龟山行

才遗西行又作东，冤家路窄偏相逢。

寒城暗箭伤犹在，陷阱为伥恨怎容？

人面兽心早见透，桃颜妖骨岂迷蒙。

村姑不识余心苦，却道蝶花恋意浓。

注：作于1971年7月。

秋感

万里长空雁字连，飘飘红叶忆当年。

震山号炮迎棚客，踏水流沙笑女娟。

世事苍茫如幻梦，人情淡薄似硝烟。

朔风过尽冰河解，将是春回桃李妍。

注：作于1974年1月。

寒疴

阵阵春雷卷旧波，八闽群起铲寒疴。

七年以我分红黑，四字为纲揪薜萝。

巨手焉能遮日月，朝晖必定亮山河。

冤枷臭帽随风扫，燕返莺还人共歌。

注：写于1974年5月。

赠琳

萍水为君泪染襟，横眉冷眼对森森。

蓬山有路蓝桥断，仙岛无舟故道沉。

敢唤红梅迎白雪，全凭义胆献丹心。

笑看螃蟹舞螯夹，我上昆仑把剑寻。

注：写于 1976 年 3 月。

悼母

别梦铜山五十年，悲离穆水落花天。

月斜树隐机声息，香尽鸡啼灯火眠。

足迹遍留村野径，冤痕深印雪霜田。

苏溪长洒千秋泪，南岭夜来啼杜鹃。

注：作于 1976 年 10 月 30 日穆洋。

无题二首

一

风雨同行一手牵，敢凭赤胆照青天。

云横雾锁苦寻路，风险浪高力挽船。

未料红颜涂炭墨，岂容白纸染尘烟？

庐山面目如今现，勿惜残花马不前。

注：写于 1978 年 2 月。

二

游鱼贪饵竟遭钩，不到黄河死不休。

一幅雄图焚炭火，满腔热血付东流。

低眉问地地何怒，昂首看天天亦愁。

千里歧途终是别，莫如及早各奔投。

注：写于 1978 年 3 月。

叁、改革开放后

霞儿高考二首

一

有志攀登何惧难，天河深险水漫漫。
扬帆把舵追波浪，斩棘披荆觅凤鸾。
缠夜黑云终北去，迎晨红彩向东看。
银灯喜照琼花路，昂首高歌步广寒。

注：写于 1978 年 10 月。

二

中秋凉夜月笼纱，身缚榕城心在家。
浪遣潮来愁似火，新烦旧累乱如麻。
长空比翼穿云鸟，小井争雄戏水蛙。
但愿娇儿承凤志，他年妙手绣朝霞。

注：写于 1978 年中秋。

车过农校

仓促离书卅一春，红梅育子竹生孙，
皱纹爬面琴歌在，破庙沉烟倩影存。
梦里包兰还入桌，厨中茹饭早无痕。
仙翁勿笑青人瘦，宦海横波多少魂？

注：作于 1981 年 9 月。1. 琴歌，1950 年福安农校同学在全县演歌剧《王秀鸾》，颇受欢迎，不久即离校参加土改，此后分别到各地工作。

2. 破庙，1950 年农校住址。3. 包兰（包心甘兰，即包菜）、茹饭，当时生活。4. 仙翁，福安西向山头。

三月之悲

年逢三月每伤悲，只叹今生不遇时？
故里泥泞乡路塞，官山屹崒仕途危。
满腔热血沧桑洒，两鬓青霜风雨吹。
待到春还身已醉，冰河铁马去无期。

注：写于 1984 年 3 月。

是非地

蜗角营巢望避秦，忙忙数载梦难真。
蜂缠蚁唪琼花落，虎夺狼争黑手伸。
剑影刀光惊四座，魔权鬼术更千钧。
早离竞血是非地，还我自由无畏身！

注：写于 1985 年 6 月。

无题

力拔山兮时不修？百年起伏笑王侯。
蜂忙酿蜜为人嫁，鸠不营巢有鹊修。
几树寒梅迎雪立，一轮明月对天愁！
赌盆油尽青灯灭，谁把金鞭问沐猴？

注：写于 1986 年 7 月。

读岳词有感

热血腾腾华盖收，八千云月尽东流。
鱼沉雁落青山醉，凤去鸠来宿鸟忧。
白首功名松竹阻，红颜烟雨枕衾留。
瑶筝曲断谁人听？赵宋楼台王气秋。

注：写于 1986 年 5 月。

青春叹

草莽狂生不遇时，天涯何处觅相知。
迷途辜负登云约，失足空题折桂诗。
破帽遮颜魂已醉，扬鞭跃马梦难期。
低头愧作青春叹，一事无成两鬓丝。

故地回访

一唱骊歌十二年，重回故地看云天。
门庭灰落娥眉散，机杼声停楼阁颠。
长臂猢狲盘暖穴，无缘蚂蚁困枯田。
残墙断橹行将设，团扇诸君否好眠？

注：作于 1999 年 7 月。作者原为针织厂创建者，该厂曾一度兴隆，调离后，因继任者经营不善而倒闭。

梦返白马林

入梦当年白马林，无情万箭再穿心。
花愁月隐千峰暗，帆断舟倾百望沉。

诗化汩罗江畔泪，铗弹易水曲中音。

若非天国春雷早，冤海游魂不识今。

注：写于 2003 年。

春游随感

北往南来西复东，河山开发火争红。

良田片片成楼市，沃野乡乡升彩虹。

壮汉长街售果菜，村姑深院伴童翁。

裸农他日谁来问？盛宴繁花醉梦中。

注：写于 2003 年。

闻甥录取农大而作

十年痴梦盼儿龙，一考才知路万重。

逐鹿无门休放马，登科有路莫欺农。

留侯跪拾桥边履，王尹饥惭饭后钟。

大任斯人先苦志，锦衣玉食尽平庸。

注：作于 2008 年 7 月。留侯，张良；王尹，王播。

侄甥入学

长河驱鲤望成龙，父母痴心天下同。

矢愿磨针寻铁杵，祈求折桂入蟾宫。

精诚石化金门现，慈爱花开旭日红。

逆水行舟须奋力，勿存侥幸候东风。

注：作于 2008 年 8 月。

罗源凤山诗社三十周年

结社凤山三十年，勤耕诗墨胜前贤。
春花逢雨新姿俏，柳絮迎风舞步妍。
歌直扬廉为正气，刺贪揭弊敢挥鞭。
胸怀无畏无私笔，能撼蜉蝣能撼天！

注：写于 2013 年 5 月。

罗源吴鼎新先生八十寿

百载风云国不安，耄年盛世共民欢。
毕生向善先生健，一辈行仁吾辈难。
白发凤鸾堪羡慕，碧芳兰桂更须看。
同为泰伯添桃李，待饮期颐应未阑。

注：写于 2001 年。

附：吴鼎新先生原诗

半世蹉跎老尚安，爱心随处乐追欢。
生能向善承多福，志在行仁不畏难。
圣水春风时屡拂，环城明月许频看。
赐鸠何必身犹健，耽酒吟诗兴未阑。

和林达正先生咏雪诗（倒转原玉）

笑看群山尽白头，宁川大地枕冰流。
琼丝缠绕戚公马，诗曲吟欢陆簿眸。
万落村娃嬉雪仗，千家翰墨竞蟠虬。
廿年一醉梨花梦，转眼东风绿九州。

附：林达正先生原诗

六出飞花歌满州，诗人兴会若腾虬。

凌寒咏絮开新酿，问腊寻梅炯醉眸。

芦雪庵中炉复热，竹林苑内句如流。

于斯盛世人何老，莫笑青山笑白头。

和达正先生被窃诗（倒转原玉）

时人谁信读书寒，府吏当存金玉钿。

阿鼠有功澄雾水，梁君无福泊银山。

梦中财宝全飞逝，屋内柜橱皆白翻。

如此清贫真可叹，劝儿今后莫做官？

注：写于 2004 年。

附：达正先生原诗

幸我未图富贵官，家唯犊鼻任抄翻。

窗前梅树开如雪，架上图书叠似山。

入室唯余诗与酒，跳梁那得玉和钿。

现场侦察人纷议，真个读书到底寒。

和冯鸣社长《八一初度》

噩梦难忘百劫辰，菱花已改昔时身。

寻章觅句常思雪，对酒当歌自惜春。

击剑风高能逐鬼，行帆道正未求神。

诗书国里乾坤大，不齿华楼卖笑人。

注：写于 2006 年。

附：冯鸣社长《八一初度》

似梦年华八一辰，劫波度尽幸存身。

诗书自遣无穷趣，歌酒相娱总是春。

才浅悔曾荒少壮，寿延望外满精神。

清心寡欲安寒素，长作升平散诞人。

庆祝凤山诗社二十五周年

—— 次韵刘舆夫吟长

绚丽东风二五年，紧随改革舞跹跹。

重扬礼义哺新秀，不屑焚坑尊古贤。

罗邑文坛珠焕灿，凤山诗杰韵连绵。

无私天地人无畏，同执锋毫勇直前。

注：作于 2003 年。焚坑，焚书坑儒。

附：刘舆夫吟长原诗

稳步骚坛二五年，风华正茂舞蹁跹。

吟襃昌盛求廉直，啸逐风云仰哲贤。

承古曼声期蕴藉，追新逸韵冀缠绵。

弘扬国粹情尤得，回首深探再向前。

试和孝钧老师《寄网上好友》诗

爱恨情仇一线牵，人生百味不堪言。

求财大佛勤烧烛，寄梦豪门乱点鸳。

闹市频传鱼鳖臭，深山可见笋菇鲜。

但祈四海农夫乐，机电长耕免赋田？

注：写于2009年。网络上常见有“千万富翁”“千万富婆”征婚事，应征者颇众。

附：孝钧老师《寄网上好友》

忆从邂逅梦魂牵，爱在心灵未敢言。
绕网深情空见影，隔屏细语但闻鸳。
徐行户外轩棂净，忽转诗中草木鲜。
敢问东君春又暖，秋来菡萏可田田？

和吴鼎新先生《九旬感怀》

醉笔春风又十年，平生百味幸身坚。
笑谈鼎老诗文壮，更喜吴门桃李妍。
凤邑千家朝鹤寿，骚坛万墨点云笺。
彼时曾有期颐约，泰伯闻知乐助前。

注：作于2011年。十年前，作者在庆贺吴鼎新先生八十寿诗中曾有“同为泰伯添桃李，待饮期颐应未阑”句。泰伯，吴姓始祖。

附：吴鼎新先生《九旬感怀》

弹指匆匆九十年，沧桑阅尽志犹坚。
庭中馥郁芝兰秀，岩上葱茏松柏妍。
平日交友迷品茗，明时结社好吟笺。
老夫每诵晚情颂，无限风光灿眼前。

和陈妫绍先生《九秩述怀》

胸有豪情任屈伸，行真义正岂辞辛。
阴云遣去还红日，恶梦醒来念故人。

岁月惊随凶浪老，江山喜对大潮新。

举杯投笔诗篇涌，满座春风笑语频。

注：写于 2010 年。

附：原诗

早岁深思壮志伸，投奔革命历艰辛。

春风圆我离休梦，汗水浇园造就人。

爱好由来求韵雅，竭诚都为创诗新。

老夫常作明时颂，锦绣河山咏唱频。

和水山先生诗《耋龄述怀》

峥嵘岁月去由之，悟透人间是与非。

腹储经纶才不遇，生逢坎坷路多歧。

冷眼愤观伤世俗，低眉直写警时诗。

甘为晚辈添砖瓦，可共诸君析阙疑。

兴替史书堪细读，存亡古鉴慎深思。

莫教社宇空蹄血，且学春蚕尽吐丝。

喜见夕阳无限好，东风重染白须髭。

注：作于 2001 年。

附：水山（林秀明）先生《耋龄述怀》

白发飘飘泰处之，笑谈去日是耶非。

忘怀世事风云幻，感悟人生道路歧。

往昔豪情虽冷淡，而今夙志未摇移。

历程坎坷留清韵，视野迷蒙写警诗。

抉择难能趋洒脱，搜求终觉步迟疑。

品尝异味衡心态，收拾残篇释梦思。

敢共黄花馨晚节，无因雪鬓恋青丝。
耋龄欢度新世纪，何惜多捻数茎髭。

人间大戏场

台前梨国小天地，幕后人间大戏场。
云雾重重掩日月，忠邪代代斗阴阳。
悲欢离合朝朝演，鬼魅妖魔处处藏。
多少是非沉海底，几回冤屈得伸张。
未闻英侠惩强霸，每见豺狼啃弱羊。
梨国悲哀容易改，人间泪水慢流长。

冷眼观螃蟹

三十年来岁月残，几曾风雨把心寒。
严霜冻下千枝秀，烈火煅成一片丹。
尝尽甜酸咸苦辣，看穿红绿紫青兰。
黑衣不避污泥染，白纸岂容乱墨漫。
昔古忠邪曾割席，于今人鬼应分坛。
黄流终有澄清日，冷眼且将螃蟹观。

旗峰远眺

伟人一笔画南窗，莞市关山装点忙。
铺地楼群披锦绣，通天霓炬唱辉煌。
七洲豪凤翩翩集，四海雄鹰熠熠翔。
新企十千春笋崛，村姑百万厂都长。
高精尖品惊洋国，欧日美钞荣僻乡。

户户荧屏追股讯，家家居室沁书香。

花红树绿五光路，蝶醉蜂迷十彩装。

靓女英男牵对对，童颜鹤发挽双双。

银池星伴鸳鸯舞，岸柳月随箫笛扬。

金塔鳌肥村土富，廉泉水洁吏风良。

球传宏远九州动，灯展旗峰八景芳。

威角台前陈古炮，销烟馆内骂夷狼。

仲因含笑回仙阙，世纪飞虹锁大江。

　　注：1. 旗峰，广东东莞市旗峰公园，内有黄旗山峰，海拔189米，是东莞象征。2. 七洲，七大洲，即全球。豪凤，喻外资企业。3. 雄鹰，喻科技管理人才。4. 新企四句：东莞（2001年）有外资企业2万多家，本市人口100多万，外来人口400多万，大部是西部地区农村"打工妹"，全市年创汇150多亿美元，每年汇往各地的打工收入在200亿人民币左右。5. 金塔，金鳌洲塔，名胜之一，高49米，建于明代。6. 廉泉，黄旗山麓古井，传说饮此水可使人变廉洁。7. 球传宏远，该市宏远开发区体育中心，建有庞大的足球、网球等场馆，广东省和全国比赛，常在此举行。8. 灯展旗峰，黄旗山形似展旗，东莞市有八景，"黄旗山顶挂灯笼"是第一景。9. 威角，指威远、沙角炮台，存有6000斤重古炮多门。10. 销烟馆，在虎门林则徐公园，内有鸦片战争全过程的陈述和大量的历史文物。11. 仲因，民族英雄关天培别名，关在鸦片战争中壮烈殉国。12. 飞虹，指虎门跨海大桥，近年建成，工程雄伟壮丽。此排律写于2001年。

肆、新时期作品（2013—2017）

雨后登山

雨后北山分外明，密林深处有人声。

花间不见蝶蜂舞，树上更无莺雀鸣。

少女怀中苹果唱，皤男身左杖藜撑。

昨宵想必筑城美，今日行来步履轻。

注：1. 苹果，手机。2. 筑城，俗指打麻将。

化武之谜

中东乱火几时休？山姆磨刀又逞矛。

喋血羔羊头十万，失巢鸿雁泪三秋。

摇旗说唱售民主，画策施谋霸石油。

乌合猢狲将覆灭，诉求化武挽沉舟？

注：叙利亚近三年战乱，已造成死亡 10 万人，难民 100 多万人。

无题

忙忙碌碌不知年，看似行僧无佛缘。

终日银炉添锦烛，何时丽月称新天？

曾将余乳哺童褓，愿向深山学古贤。

多少不眠多少血，换来竟是一丝烟。

探访之思

　　中国社会科学院文学研究所主任、原中国作协副主席张炯先生，国庆节举家来宁探望重病中昔日游击战友林达正，临别时附耳约明岁再来，依依不舍，催人泪下……

　　　　垂髫结契赴硝烟，踏遍云山六五年。
　　　　宝剑归囊双鬓白，头颅掷处百花妍。
　　　　灯仍闪烁油将尽，病入膏肓志枉悬。
　　　　附耳依依明岁约，到期愿莫两重天。

五月湖塘

　　　　五月湖塘不见蛙，稻移水没走鱼虾。
　　　　虹桥圆就百年梦，楼锦铺成千彩花。
　　　　日里龟蛇驰汽笛，夜来郎女唱琵琶。
　　　　隆平莫作杂交米，亿万"房王"怎发家？

古刹钟声

　　　　古刹钟声入夜空，乱云飞渡月从容。
　　　　星灯隐现征鸿渺，树影横斜衰草封。
　　　　世道岖崎枉试马，生平坎坷未弯弓。
　　　　几回欲借仙槎去，总是黄粱一梦中。

和辉良骡子诗

堪叹毛骡苦脊梁，朝朝重担上山场。

蹒蹒踬步疑身短，辘辘饥肠怨岭长。

寄恨今生成贱骨，只缘前世未高香。

纵为东主盈杯钵，依旧鞭笞遍体伤。

附：辉良《苦命的骡子》

恨死生来耐力强，忍驮重负上山冈。

踬蹒步履艰难迈，求助目光凝滞张。

牛马不如怜命苦，驼驴胜似叹途长。

历经跋涉毛皮损，尚埃鞭笞赶路忙。

步明程诗友《春正所感》

爆竹声中硝火浓，迎来春马送蛇冬。

难辞倭寇缠东海，喜伴霸王游太空。

月宇行车惊玉兔，水宫探宝泳蛟龙。

苍蝇老虎捕除尽，黎庶歌天舞大同。

附：刘明程诗《春正所感》

岁尽又闻腊味浓，东风过岭扫严冬。

围观电视评春晚，载荷嫦娥歇太空。

街市闲谈传缚虎，车流接踵演囚龙。

公民仰望清霾雾，海晏河清处处同。

注：1.嫦娥3号月球车1月25日月夜休眠。2.有传中央在新的一年要打大老虎。

乘车问路

乘车问路过前桥，忽见秦娘把手招。
深恶沉渣生秽气，更怜饥腹卖青苗。
财流混沌分霄壤，人落风尘化鬼妖。
安得普天同一色，秦楼他日不吹箫？

落网

又闻纨绔跌泥潭，痛把沧桑世事谈。
茅屋当年迎老革，铁窗今日锁新贪。
只谋高第娇和醉，不问寒门苦与甘。
舟覆舟浮从水去，千秋功罪更谁担？

鏖兵黑海

鏖兵黑海斗玄黄，北极熊君壮气昂。
老道运筹频失算，新徒玩火每招殃。
五千貂锦春闺短，百万羔羊恶梦长。
无可奈何花渐落，星条旗美见斜阳。

注：1. 貂锦句，（唐）陈陶诗："誓扫匈奴不顾身，五千貂锦丧胡尘。可怜无定河边骨，犹是深闺梦里人。"此处指中东战争中美军阵亡者。2. 羔羊，指叙利亚难民。3. 星条旗，美国旗。

雷鸣黑海

雷鸣黑海起风云，刀剑纵横兄弟亲。
急水难流河底月，重锤恐毁镜中人。

悬梁画饼何消饿？施饵渔公非济贫。

迷路羔羊须早醒，莫将魔鬼作天神。

大米草

大米春风又长芽，占堤霸岸罩青纱。

原期引作牛羊食，不意却成湖海疤。

草蔓虫生欢鸟雀，木愁花恶苦鱼虾。

几番剿伐均重发，只叹当年决策差。

注：大米草于1963年从丹麦、荷兰和英国引进，用于沿海护堤，同时生产饲料，但后来却滋生蔓延，排挤其他植物，构成多样性危害，被称为"害人草"。

夏日郊外

夏至晨空轻雾蒙，金乌伴我过桥东。

孤鸥啄食沙滩岸，群雀嘈嗷芳草丛。

地菊托盆黄衬绿，叶桃夹竹白还红。

繁华萧瑟如灯马，总在迎来送往中。

注：1.叶桃，红花夹竹桃。2.灯马，走马灯。

旧塘门

清晨独步旧塘园，锈迹斑斑大闸门。

老树乌啼声慽慽，小河鱼跃水浑浑。

楼群筑起千夫梦，湖底长埋多少魂。

披发怨娥萧然现，莫为苦侣诉沉冤？

祝贺詹思禄主教晋铎 25 周年（步主教原韵）

默默此生归我神，蒙招十字献心身。
堂区万众同修德，道院四时皆是春。
常使荣恩召失足，更将主爱唤来人。
风回山野多朝露，喜见羊群日日新。

附：詹思禄主教原诗

人生意义在荣神，我幼蒙招志献身。
道院勤修求圣德，堂区奋斗付青春。
前驱若翰无来者，步武耶稣有后人。
振铎传声山野外，群羊处处岁华新。

梦白马二首

一

入梦依稀白马林，又逢父老泪沾襟。
褛衣草食形同丐，垢面蓬头貌似禽。
只叹高墙居腐恶，幸临绿野有知音。
烘炉烈火熬成钢，叱驭渡来胜万金。

二

昨夜重回白马林，蓬高草密竹森森。
桐花掩没青春路，知了疑为雪鬓吟。
画面狐狸藏化外，乐淫魔主早归阴。
百年恍若三更梦，无论输赢且放心。

寄黄钰诚、吴浩宇

千里移书攀梓崖，先贤雨露润新芽。

有心翔作云中鹄，无志沉沦井底蛙。

十载寒窗穿铁砚，百年大道尽红花。

勿轻今日小河鲤，一跳龙门天是家。

注：黄钰诚、吴浩宇是侄孙和孙儿，当时正高考。

寄学友

入梦依稀返故园，农堂六十四年前。

悬崖迷谷空驰马，大浪淘沙痛失鞭。

志在青云难问路，身留烙印怎登天。

休伤旧照催人老，且看新桃李万千。

新能源菊展

新能源领五洲先，又报厂园金菊妍。

黄石天姿彩蝶舞，龙钩礼翠牡丹眠。

芳容宛似神工斧，花海莫为仙阙迁。

锂电车群驰万国，中华世纪尽蓝天。

注：黄石、龙钩、蝶舞、天姿、礼、翠、牡丹均是菊花名。

恭贺郭绍恩先生百岁大寿

投笔从戎风雨天，常临逆境受熬煎。

历经坎坷身犹壮，阅尽波涛志更坚。

善把仁慈传后辈，好将功德学前贤。

诗词自乐人多寿，轻履期颐胜比仙。

台湾国民党开除五人党籍

昏头蚂蚁乱惶惶，歪嘴乌鸦频咒娘。
不信蓝皮藏绿骨，谁知家贼出萧墙。
快刀斩结清门户，高帜明旗正本章。
两岸早迟终一统，狂夫独梦笑黄粱。

写给炮轰连战者

七十年来首阅兵，五湖四海喜升平。
原当兄弟同堂庆，却见藩篱拒陆行。
连战访京诬有罪，登辉卖国竟留情。
若为选票良心泯，史海洪流恐没卿。

中东难民潮

民主天堂去路遥，华胥梦断画屏消。
枭除国乱黑邦起，家破人亡鬓发焦。
骨肉沉浮悲浩海，饥寒啼号撼重霄。
弄符救世君何在？端坐云中把扇摇。

明星吸毒

又报明星入楚囚，雄雄艺苑再蒙羞。
名高位赫身如电，库满仓盈气似牛。
绿酒红灯荒日月，迷金醉纸渡春秋。
花花世界千芳腻，毒国桃源好梦游。

初冬晨

湖山鸥鹭去无踪，一片茫茫白霭中。

争艳黄花声寂寂，婀娜翠柳影蒙蒙。

江风吹壮晨歌女，岸竹摇寒独钓翁。

难唤鱼儿来食饵，竿头望断桶篮空。

萨德风波

又闻核武起硝烟，太极星条萨德牵。

司马居心人尽识，项庄舞剑意昭然。

两洋巨舰百机集，半岛七千万命悬。

非忌龙家神器利，金娃早作断头仙。

注：1.萨德是美国导弹防御系统。2.第二联引用王毅部长讲话，即"项庄舞剑，意在沛公""司马昭之心，路人皆知"。3.朝韩共7500万人口。

仿答王政《六六重逢》

六十六年今喜逢，桃红李白唤东风。

痴心不改凌云志，白发犹怀去日踪。

燕往莺来迁宿树，阴差阳错失惊鸿。

同窗趣事千杯酒，尽注朦胧一梦中。

附：王政七律"六六重逢"

年临六六喜重逢，如此开心久未穷。

白发难熬别梦苦，痴心不忘旧时踪，

同窗趣事连宵枕，蕉海前缘独钓翁。

老我情怀杯中酒，桃红李白醉春风。

为台湾某"台独"者庇护电讯诈骗而作

不念同胞遭祸殃，兴师庇罪好嚣张。

坑蒙世界谁当乐，诈骗天堂名可香。

凭借欺民谋独国，皈依霸父作儿皇。

机关算尽狰狞露，蚀米偷鸡梦一场。

注：45 名台湾电讯诈骗犯，从肯尼亚押回大陆，某独派借此大做文章。

穿云旭日

穿云旭日起闽东，十亿神州万里红。

治国强军除积弊，捕蝇打虎树新风。

百年遐想中兴梦，今次濒临世纪峰。

愿举平生无畏笔，借诗题话写人雄。

注：此诗系原寄"学习大军"作品，今略作修改。

七律

寒夜无眠枕纵横，悠然晨照入窗棂。

黄莺声急门仍锁，安保宵长梦未醒。

失约南园嗔契友，改行北镜乐精灵。

糊涂世道多如此，大腹自能容渭泾。

步民间人《南海仲裁案》

南海风云撼五洲，疯狂小丑不须忧。

伟民十亿谁容犯，祖业千年岂让丢。

黑幕仲裁成废纸，无辜钱币哭悲秋。

镇天利剑手中握，何惧霸王兜横游。

注：1.菲律宾仲裁共花去 3000 万美元。2.横字可读仄音（hèng）古韵列二十四敬。

附：民间人/诗文原诗

南海风云荡四洲，东洋小丑最堪忧。

千年祖业岂能犯，万顷渔场不可丢。

利器守关先待命，边疆屯甲许今秋。

中华自有英雄冢，何惧西方航母游。

秋

北气凉临酷暑迁，黄芳未放桂丹妍。

风摇垂柳迎新客，雁别翠微游九天。

寂寞湖屏穿饿鹭，沉浮诗思断鸣蝉。

梦魂恍泊蓬莱国，半是红尘半是仙。

注："思"字念去声。

除夕

金猴交棒晓鸡鸣，天野轰隆鞭炮生。

如意塔前飞鹭寂，九环桥上彩虹明。

荧屏犹奏春归曲，画阁却闻宵读声。

期望秋闱高入第，他年寰宇任纵横。

注："纵"读平声。

卖肉丸

闻道招呼卖肉丸，峥嵘岁月刻心寒。

魔妖欢舞相弹冠，鸡犬升天庆涅槃。

恶主瘝奴登五福，俦人处士苦三餐。

十年浩劫烟终散，天下无忧衣食难。

辽宁舰编队过台东

霹雳声中浩海红，华师舰队过台东。

霸王封锁链条裂，独国图谋柯梦终。

劲旅健儿雄赳赳，绿皮蚂蚁乱哄哄。

神州一统时将近，嗜毒皇民仍醉薹。

注：作于 2017 年 5 月 3 日。1. 柯梦，南柯梦。2. 毒，独也。

送浩宇东北上学

别梦依稀三二年，重回故地见辽天。

童心未尽芳颜瘦，剑气方寒霜发悬。

沥血何期衣帽秀，躬耕只望子孙贤。

鳗塘伴我春长驻，击水晨游再六千。

注：作于 2017 年 9 月 3 日。1. 1985 年小儿映明就读东北大学，32 年后，今孙儿浩宇又入大连理工大学，两校同属辽宁省。2. 鳗塘，鳗鱼塘，微信群体。3. 六千，16 年另 160 天，即满百岁。

重阳日

秋风不觉又重阳，谁说登高为避殃？

绕岸湖园铺栈道，隔江蛇马架虹梁。

车群闪闪黄衣女，舞阵翩翩白发娘。

如意塔前人似海，蛋糕抢到乐儿郎。

注：作于 2017 年 11 月 1 日。

千秋伟业待篇章

百年流水见沧桑，世纪车轮易道行。

帝殖文明沉谷底，东方旭日正辉煌。

美欧衰落无良药，华夏兴隆有妙方。

历史玄机须紧握，千秋伟业待篇章。

节日东湖

银灯翠鸟映池中，节日东湖处处红。

锦绣楼台如立笋，纵横桥道似盘龙。

寒儒闯海成豪富，小树漫山生绿丛。

为保和平千载福，须防玩鹤有洋疯。

注：玩鹤，玩核，特朗普扬言要加强核武威胁。

雇爱侣者

如梭日月逝云烟，碌碌匆匆又一年。

陋室未将门喜挂，皱纹已向眼窝缠。

同行皆结连枝果，唯我依然独脚仙。

雇请婵娟充爱侣，爷娘相笑乐冲天。

湖山喜气

节日湖山喜气扬，家家剪福贴门墙。

东虹桥道九环闪，赤鉴平川万鹤翔。

今岁能源添翅膀，来年时代有篇章。

五洲闯荡争头把，寂寞故乡飞凤凰。

走廊医生

黑幕重重陷阱深，悬壶底下暗森森。

谋财道恶伤天理，害命招奇愤众心。

疯子大夫遭冷落，白衣使者痛沦沉。

是非悬案何难定，硕鼠横行猫不禁？

注：2014 年 1 月 15 日，中央电视台新闻频道《新闻周刊》栏目播出"走廊医生"兰越峰的遭遇。

侨乡石屋

五十年前侨屋留，繁华村落化荒丘。

东西塘地楼台起，南北湖山车马流。

默默无名闻万国，皇皇半纪胜千秋。

鹤鸾返梓临空笑，历代先贤夙愿酬。

注：1. 东西塘，东湖塘、西坡塘。2. 宁德过去默默无闻，如今因新能源汽车领先世界而闻名。经济随之发展，蕉城区高居全国百强区 11 名。

新居迎客

老来筋腿逐年差，难步高楼又易家。

窗外鹊呼惊贵客，门前笛响见豪车。

有求难助坚辞礼，无酒待宾唯用茶。

幸好知音明我志，攀谈终日尽桑麻。

题照

手持花照忆沉浮，五十八年风雨稠。

痛惜朋侪多化鹤，笑闻虎豹尽荒丘。

天蓝水绿关山美，子孝孙贤夙愿酬。

但望前航波浪稳，伊人长伴永无忧。

雇爱侣者恨

春节孤身羞返乡，请来佳丽慰爷娘。

门前福喜高高挂，腹内咸酸默默尝。

七日欢娱成噩梦，八千钞票付汪洋。

不该假戏强真做，三载牢窝悔恨长。

注：网载某男雇女充爱侣，假戏真做被判强奸。

红旗河方案赞

一幅宏图惊破天，红旗河水众山连。

千年荒野复城郭，万里黄沙化米川。

月氏牛羊还拙壮，楼兰花木更娇妍。

张骞卫霍云中笑，今日儿孙胜古贤。

注：1.红旗河，西部调水工程构想，从雅鲁藏布江中游，沿着青藏高原的边沿，连通中国大江大河上游，输水至新疆的方案。2.大月氏，古代中国西北地区游牧民族，楼兰，西域古国。3.卫霍，卫青、霍去病。

春晨一瞥

和煦春风拂面来，福宁一路杜鹃开。

黄莺劲唱为情侣，紫燕穿梭觅食材。

渔女鱼虾旁市卖，村翁瓜豆见缝栽。

车流阵阵校门拥，万户千家送读孩。

栈道随笔

春融桥外听鸡啼，日映红霞月匿西。
蚕豆花香蝴蝶舞，菜油果熟野蜂迷。
富婆玩狗嫌天短，贫女售鱼忧价低。
栈道人稀时尚早，水摇翠柳与山齐。

写给五八三乙群学友

迎风逐浪步洪流，阔别黉门六十秋。
霜发缠头奇志老，皱纹爬面素心留。
无缘官爵平生淡，有好儿孙夙愿酬。
卸下尘凡千百结，建文枕处学仙游。

写给五八群学友

蒙冤隐恨旧痕留，泪别黉门六一秋。
奇志横遭拦路虎，宏图痛毁觅功猴。
无缘府第平生屈，有幸儿孙夙愿酬。
铁拐诸仙何处去，西山月落尽荒丘。

从五八思八五
—— 再寄五八群学友

新城巍崛耀闽东，白鹤青銮疑梦中。
苦苦栽桐难泊凤，心心报梓喜归龙。
千秋僻壤七年易，百里穷乡一片红。
五八学贤思八五，全凭时势造英雄。

注：1.彻底改变宁德面貌的新能源公司，是由宁德一中八五届曾毓群等一批学友创办引进的。2.从20世纪至2008年，宁德年年招商引资都没有大项目落户。3.新能源从2011年开业至今仅7年。宁德经济从全省倒数第一跃到前列，蕉城已列全国百强区第11名。

动地雷

小满初逢动地雷，杜鹃未尽角梅开。

条条霓彩高高挂，阵阵车流滚滚来。

旧日朋俦悲驾鹤，新潮花木又登台。

黄芳喜伴朝阳笑，堪赞神州有异才。

写给戊戌端午共宴诸贤侄

玉楼飞架立危峰，峻峭巍峨险径通。

异草奇花如帝苑，月门云阁胜天宫。

和风抚面心心暖，丽日生霞片片红。

为美宁川施重墨，笑今鸾鹤傲群雄。

喜闻曾孙降世

国庆家欢喜事连，燕城轻启四重天。

延陵郡里繁花俏，泰伯关山明月圆。

迟暮不图衣食乐，余生只爱子孙贤。

但期赤坎骄骢健，早跃琼瑶星际边。

注：延陵郡，吴姓发源地。泰伯，吴姓祖先。

赤溪铁厂

赤水高炉忙不停，群氓载月又披星。
端盆河畔洗沙队，伐木山中烧炭营。
凛夜风狂花绕树，凌晨火炽铁成型。
盈门战斗歌声起，呼取头名上北京。

注：作 1959 年 1 月。花，雪花。

喜闻华为突破五 G 技术

捷报频传喜事连，华为快马又当先。
健儿不懈登峰志，父老何忘挨打篇。
奇剑能开千古锁，铁拳何惧霸王鞭。
神州雨霈百花艳，历代前贤畏后贤。

迎接 2019 年春节

四海欢腾一九年，八方捷报喜连连。
闯关高士频频亮，研发航船步步先。
龙子已开盘古锁，狂夫莫舞霸王鞭。
人间春色封不住，何必吠尧空怨天。

2018 年春节再致原东莞诸侄

束发南疆三十年，归来反哺丽宁天。
驱车易道超洋骥，折桂蟾宫胜早贤。
百凤营巢填断带，千英携手闯峰巅。
鹏程万里长征路，破浪同舟肝胆连。

注：1. 束发句，1989 年曾毓群等一中同学到东莞打拼时，仅二十出头，至今三十年。2. "百凤"句，新能源兴起后，许多上下游企业纷纷来宁落户，填补了原来闽东这一块被认为是沿海发展地区地图上断裂带。3. "千英"句，宁德时代拥有研发技术人员 3425 名，其中博士 139 人、硕士 850 人。新能源公司有博士 60 多人，硕士 280 多人。4. "鹏程"句，宁德新能源产业发展迅猛，2018 年已超越 300 亿，其 2020 年目标是超千亿，力争突进世界五百强。

2019 年春节致江南贤侄

鬓发凋零六八秋，同窗情影每临眸。

梓乡望断人西去，桃李果盈根北留。

不老山河春再现，中兴华夏梦将酬。

前程似锦须珍惜，一笔纵横战未休。

注：1. 叶江南系同窗挚友叶于元子，现在哈尔滨市工作。2. 笔者与叶同窗握别至今已 68 年。3. 叶生前一直想南调未能实现，将其子取名江南。

居家养老中心

居家园里数枝花，敬老声中度岁华。

迅手迎宾端座椅，热情含笑送清茶。

扶残助弱胜亲辈，称叔呼爷若自娃。

今日此行心倍爽，诸多烦恼逸天涯。

春日赏景

清晨赏景到湖边，数只狂龙嚷嚷缠。

桃李春开花艳艳，蝶蜂草暖舞翩翩。

黄莺绕树为情唱，紫燕营巢伴子眠。

万物世间皆自得，尔曹何故吠尧天。

华为进五 G 时代

神州天网听雷鸣，巨浪翻腾五眼惊。

古树花红金果秀，史车轮正霸台倾。

王权单极帝星暗，世界多边棋局明。

摒弃零和谋合作，相携共进创同荣。

注：五眼，指五眼联盟，是由美、英、澳、加、新情报机构组成的
监听组织"UKUSA"。

春野观感

春芳桃李镜屏开，忧乐千家入景来。

渔父风横忧网破，富婆狗贵把头挨。

舒乘宝马华楼女，苦踏双轮陋屋孩。

赶赴黉门同课桌，他时谁是栋梁材。

恭祝阮大维老师九十寿庆

开创鹤鸣擎大旗，年濒鲐背亦为师。

常思文阁跟风举，不忘牛棚被难时。

壮岁凌云耕日月，夕阳伏枥展词诗。

期颐有望南山柏，地暖春回更丽姿。

王政诗词集引言

阔别农窗六九年，神州风雨换新颜。

韩阳十里群花秀，故国千山万木妍。

未使春光辉祖屋，且凭丹笔慰来贤。

期颐有望志休老，击水重泅百百天。

注：百百天，24年。

寄针织女

别梦依稀事万千，难忘三十二年前。
青春痛伴针楼逝，故梓喜从南国妍。
育子生孙奇志老，呼婆唤奶大床圆。
去除烦恼求康健，乐享今时不夜天。

针织女聚会

三十三年一梦中，针楼阔别又重逢。
黄花佳丽成婆奶，热血韶华化杖翁。
白鹤湖山栖百凤，宁川骐骥越千骢。
古城春色从新画，不忘初心耀海红。

南京游感

六朝逐鹿有何留，遗下金陵一片丘。
洪武屠刀沉血逝，清廷暮气闪雷收。
太平众将昙花现，民国诸君尘土流。
老蒋识时休战火，今人谁主写春秋？

瘦西湖夜景

瘦西湖上度良宵，二十四桥听玉箫。
万盏银灯穿岸柳，八方士女拥人潮。
亭台每伴机声转，楼阁常因水浪摇。
紫店婵娟全暖色，不知今夕是何朝？

注：末句指店、人皆仿古代装饰。

寄针织女

几回风雨唤南行，三十三年泾渭清。

每点微群思倩影，常从幽梦听机声。

韶华悲伴针楼逝，家国喜随时代更。

青镜霜髯何所悔，朝花绚丽满春城。

有感于建立命运共同体思维

五洲万国互联通，天下如家命运同。

致力和平谋幸福，共营科技创兴隆。

丛林法则寿当寝，霸主王权梦已终。

摒弃零和真合作，千行百业火熊熊。

"双十一"62周年

峥嵘岁月梦中留，佳夕悠悠六二秋。

凛冽冰霜曾润土，横行狼虎已归丘。

皓髯雪鬓迎新世，绿竹红梅展画楼。

祈愿玉堂春永驻，青山不老水长流。

注："双十一"指1957年11月11日。

有感于空军建立七十周年

强国强空十亿心，空防赢弱每遭侵。

百年华夏伤痕累，卅载中东教训深。

勇对蓝天磨利剑，广为疆海备神针。

江山万里张罗网，试看豺狼谁敢临。

路过水西村新四军旧址

鏖战江南八十年，溧阳风雨更新天。

乌啼月落三山尽，草秀花荣万木妍。

不忘初心严杜渐，记牢使命勇争先。

红旗代代人相继，雄屹东方慰祖贤。

注：三山，指旧社会三座大山，帝国主义、封建主义和官僚资本主义。

朱元璋滥杀功臣

太平一统定刀兵，未见将军享太平。

海宴河清弓戟废，禽亡兔尽狗鹰烹。

寡情薄义君王理，灭友谋荣寇盗形。

朱室江山冤气重，萧墙内外不安宁。

注：朱元璋在明初制造了"胡惟庸案"，迁延十余年，大小官员被处死多达 3 万余人。后来又有"蓝玉案"，被牵连者达 1.5 万人。

遏华梦破

搅乱风云一九年，奈何贸易息硝烟。

遏华梦破丢盔甲，维霸谋穷易马鞭。

亚太横行招众怒，中东插手陷熊缠。

江河日下心难老，唆使喽啰图变天。

闻蛇

闻说小蛇藏宅林，妇孺老少尽惊心。

鸣蛙浅穴栖身险，宿鸟寒巢飞祸临。

花畔晨操须谨慎，月前蹓跶更宜禁。

奢谈保护野生孽，不打三分罪亦深。

保健品

八方电话响频频，保健仙丹真诱人。

气血雄强身克毒，胃肠通畅窍生津。

皤翁乐享百年寿，靓女重回二八春。

神品今能祛万疾？多余医院自沉泯。

神女访梓

镜台山上彩虹翔，神女飞舟访梓乡。

靖海楼前思岁月，梳妆照里整霓裳。

五洲铁马赤湖集，时代锂花千国香。

万里鱼池仙境秀，皇姑破涕唤情郎。

注：1.铁马，集装箱车。2.赤湖，赤鉴湖.时代新能源公司驻地。3.锂花，锂电池。4.末联引用蕉城政协《文史资料》第五辑中白鹤岭故事。

《昆山词选》出版

诗海耕耘六十年，踏平波浪望尧天。

正邪毁誉怀先哲，冰炭伪真观后贤。

每爱敲钟仇蠹蛀，未曾卖笑负心田。

斜阳且借春秋笔，留下儿孙励志篇。

注：本人从近1200首词作中挑选600首结集出版。

步原韵答福庐诗友

几时潇洒见天边？坎坷生平历战烟。

电闪雷鸣风雨后，云开空阔曙光前。

同堂织锦七千日，独自雕砖六十年。

何惧无常招手唤，只期花海更娇妍。

附：福庐诗友《七律·写在〈昆山词选〉读者见面会之后》

潇洒风弥宇宙边，欲凭橡笔扫云烟。

曾观淡雅诗当史，更励中青后向前。

几度花开香万里，听声鸟唱醉千年。

先生那得才如许，做到勤思探索妍。

读阿国《忆石花小型诗刊》倒转原玉特步一首

喜见蕉城万木妍，幡然回首忆当年。

位卑石小花难艳，路狭崖高马不前。

东莞群英归播种，宁阳百里尽香烟。

苦耕父老开颜笑，贫帽抛离东海边。

附：阿国《七律·忆石花小型诗刊》

漂泊人生梦日边，惜哉整日望炊烟。

也曾跋涉逐刊首，今夜唱酬到榻前。

诗老经营衮岁月，我曹实践抚华年。

此生有梦怎虚掷，纵使谈香入夏妍。

读福庐、阿国二诗友诗，顺其韵再步一首

诗海遨游未见边，纵横潇洒踏云烟。

何嫌天远春长在，休惧崖深马不前。

曾入旁门追桀犬，老存丹笔颂尧年。

宁阳此日千山秀，处处鸟鸣花木妍。

一箭九星水上发谢

　　2020 年 9 月 15 日我国在黄海海域用长征十一号海射运载火箭，采取"一箭九星"方式，发射获得圆满成功！

江河日下霸王旗，耀武横行还几时？

一箭九星船上发，千封百锁梦中吹。

借威谋利猢狲困，买保求生棋子悲。

留恋丛林强弱食，强弓硬弩对熊罴。

有感于中欧领导人会晤

中欧携手百邦通，历史宏轮又指东。

南下重修邻里谊，西行打乱霸王封。

自由交易五洲旺，平等协商天下同。

莫让零和殃世纪，猎枪完备对狼熊。

东风"快递"十弹连发二首

一

东风"快递"镇枭雄，十弹连连分秒中。

轰炸三沙牛嘴闭，协防"台独"算盘空。

霸王旗帜随烟没，航母强权寄梦终。

一统神州来日近，和平两岸万花红。

注：美国某些好战分子扬言要轰炸我南海岛礁。

二

十弹连连一瞬间，今时无物可遮拦。

霸王腹内如汤滚，独老心中似雪寒。

航母横行逢劲敌，鲨鱼潜伏候洋餐。

三封五锁成渣腐，若不欺人可自安。

注：美国在太平洋对中国建了三条封锁链，还计划到印度洋建两条。

长津湖大战

长津湖畔凛冰悬，华夏儿郎敢斗天。

百胜王牌逢钢破，头名军旅入锅煎。

惊弓沃克成车鬼，败绩麦阿归甲田。

南北重回三八线，铁拳教尔莫垂涎。

注：1. 长津湖大战，起于1950年11月27日至12月24日，是志愿军入朝第二战役，此战役对整个朝鲜战争来说，影响非常深远。志愿军第9兵团收复了三八线以北的东部广大地区，成功地将联合国军驱逐出北朝鲜的东北地区。2. 沃克时任美军司令，撤退中撞车死。3. 麦阿，麦克阿瑟因败被解职。

春风里读书会

作客能源闻墨香，读书会里庆重阳。

高山流水古筝唱，时代之光壮曲扬。

今日骚坛雏鸟现，他年诗国大鹏翔。

春风化雨浇新蕾，翠竹苍松遍地长。

注：1. 2020 年 10 月 24 日新能源工会在春风里举办读书会。2.《沁园春·时代之光》系新能源工会选用昆山词自编歌曲，曾参加市里演出。

沙滩题照

昔日婵娟白发悬，沙洲重集忆当年。

慨离蜗角三分地，唤得蓬莱一片天。

避却龙争和虎斗，更无蚁蚀与虫缠。

夕阳今日如春美，忘却愁怀把手牵。

川藏铁路

藏山蜀道泊天悬，珍宝无穷旷古眠。

帝殖老皇曾入梦，扩张馋主亦垂涎。

千山银洞盘龙越，万水虹桥铁索牵。

开建西疆新世纪，蛮荒花鸟乐婵娟。

RCEP 正式签署

长谈八载历沧桑，十五亲邻终一堂。

友谊花开亚细亚，繁荣果结太平洋。

间离梦破渔公苦，穷赌局输棋子惶。

贸易自由新世纪，相牵把手共飞翔。

注：1. RCEP15 个成员国涵盖全球 29.7% 的人口、28.9% 的 GDP，同时还覆盖全球最有增长潜力的两个大市场，一个是 14 亿人口的中国市场，另一个是 6 亿多人口的东盟市场。2. 美国原想搞个 Tpp，联合太平洋各国把中国排除在外。3. 棋子，指台湾。

路迢迢

披荆五载路迢迢，桃李满园花正娇。

金果盈香方孕育，猕猴贼眼已相瞧。

空掏志士三春力，折断畸人五斗腰。

生不遇时天亦孽，奈何无可自逍遥。

注：原作于 1975 年 10 月。

晨曦

东方终教现晨曦，五载寒云一瞬吹。

苦辣遍尝知世味，沧桑历尽识天时。

丹心未被污流染，矢志何曾风雨移。

莫醉前程春色美，须防达道有魔魑。

注：原作于 1965 年 10 月。

秋晨

白云朵朵仰山浮，凉气西来送晚秋。

林静不闻枝上雀，潮平未见水中鸥。

繁花夹竹岸边树，星火扬波湖里楼。

更似一年春好处，橙黄橘绿伴君游。

题书引

天湖岭上乱云收，风雨平生浩气留。
凭借丹心评黑白，敢持铁笔写春秋。
百年成败三更梦，万古恩仇一片丘。
异日无常招手处，青山不老水长流。

中国东盟博览会

百年紫气转东流，历史宏轮向亚洲。
帝国霸权花渐落，殖民时代草先秋。
繁荣依靠共同体，发展尤须友谊俦。
莫理渔公挑鹬蚌，牵连陆海建丝绸。

天湖山掠影

千里高山一片平，群峦远去白云轻。
层林路静闻猿啸，幽谷夜深听鹿鸣。
作画枝头眠翠鸟，吟诗花下唱黄莺。
松间幼竹迎风舞，抖影犹藏乱世兵。

嫦娥五号登月

嫦娥五号建奇功，登月来回操掌中。
帝国霸研如落日，神州新技胜春风。
制裁封锁独桥断，合作同荣百路通。
可笑渔翁思鹬蚌，和平世界万花红。

澳漫画风云

虐俘屠囚丑相彰，却凭漫画找文章。

反华幻想火中栗，抱美寻来遍体伤。

军武扩张官受赞，贸商停滞民遭殃。

迷途倘若不知返，教尔他时更断肠。

注：2020 年 11 月，澳大利亚士兵被曝残忍杀害阿富汗平民一事，引发国际舆论炸锅。然而，当中国外交部发言人在社交媒体上发布澳军人杀害阿富汗儿童的配图后，澳大利亚总理竟对中方进行无理指责，竟要中国道歉。

南京 12 月 13 日

卅万英魂罹难时，金陵城内泪如丝。

乌衣巷口硝烟漫，朱雀桥头血肉飞。

政乱官贪民受罪，国贫军弱鬼常欺。

于今四海笙歌日，毋忘门外有魅魑。

注：12 月 13 日是南京大屠杀死难者国家公祭日。

身着袈裟

披着袈裟念佛号，面慈心毒似羊羔。

人前总带三分笑，暗里长藏两刃刀。

眨眼谋财连害命，平生窃李更偷桃。

劝君交友须谨慎，仔细妖魔变法高。

《天云特影》结局诗

寒来暑往几沧桑，七十年前故事藏。

鸭绿江边燃战火，天池山上聚豺狼。

青松崖壁摇刀影，绿竹林中闪剑光。

数代牧童成白叟，荒坡依旧育群羊。

《天云特影》编后记二首

一

七十年来一瞬中，青山依旧水长东。

高楼遍地穷乡改，达道纵横四海通。

诗思沉浮英杰现，梦魂飘忽虎狼逢。

今将铁笔追前世，愿教儿孙明苦衷。

二

松柏清泉日夜流，天池花草七旬秋。

神魂常与英雄会，恶梦每逢狼虎啾。

鸡寨沉沙无折戟，东闽大地尽华楼。

轩辕儿女皇冠摘，苦教拜翁白了头。

闻华为与时代、长安合作生产智能汽车

华为时代大强联，电锂五G优势牵。

万马奔驰飞跃起，千帆竞渡直超前。

笑看拜老挥螳臂，不屑加奴玩黑鞭。

帝国车王花落去，闽东迎接未来天。

注：1.拜登拟投资百亿追赶中国新能源汽车。2.指加政府扣孟晚舟。

题秀喜女士照

三十六年如昨宵，榕城初识步商潮。

地神未供风云恶，黑佛护航狐鼠刁。

蜗角抽身天海阔，龙门跃鲤梦魂骄。

夕阳虽好黄昏近，祈望群芳尽舜尧。

注：秀喜女士赴榕经商至今已36年。

兔春寄针织女

四十二年风水轮，几曾伤感泪沾巾。

针楼逝去韶华梦，时代迎来故国春。

历历是非沉海底，皇皇功业化灰尘。

昂头奉进千杯酒，喜看当潮新世人。

《白马山传奇》签售会

曾绕阴阳七魄飘，孟婆放我奈何桥。

书香楼上掌声起，白马山中仙雾缭。

两鬓繁霜传古锦，一身正气步新潮。

不辞肤浅献余热，只愿骚坛来者骄。

秀喜榕城从商

乙丑春接秀喜君榕城从商，迄今38年，君已从婵娟少女成长为一商界巨人矣，岁月沧桑，人世沉浮，无限感慨。特书七律一首与赠。

与君榕市步商潮，卅八华年恍昨宵。

易道超车修胜果，披荆斩棘闯琼霄。

笑从蜗角评蛮蚁，喜见宁川尽舜尧。

不悔青丝成白发，长征有日证天骄。

约翰牛窘境

曾是寰球不落旗，如今窘困有谁知？

亚洲耀武频申丑，黑海横行又损威！

鸦片赔银污未洗，圆明劫宝罪难移。

此时再惹醒狮怒，只恐他年马岛危。

注：1. 英往日殖民地遍及五大洲自吹是国旗不落日国家。2. 英航母来亚洲，护航舰用荷兰的，舰载机用美国的。3. 黑海闯俄边界，被开火驱逐。4. 圆明园被焚，英法大行掠夺。5. 往日英阿马岛之争，我国保持中立，今因英跟随美国来南海惹事，我国决定支持阿根廷。

美乘夜从阿富汗撤军

二十年来噩梦长，阿邦处处是坟场。

三千貂锦魂归土，两万亿元金泡汤。

帝国旌旗悲陷落，殖民鹰犬喜逃亡。

风高月黑生潜去，只恐天明又中枪。

注：从 2001 年开始的阿富汗战争中，美军死 2442 人，北约军死 1144 人，开支 2.26 万亿美元。

冷月临窗

冷月临窗思万千，依稀常梦七〇年。

倒韩错队风云恶，批李输棋灾祸连。

锁入牛棚供榨骨，修成手杖好登天。

横行螃蟹今何在？尽入洪炉早化烟。

阿富汗政府投降

又闻帝国落坟场，历史预言加一章。

遏制炎黄雄略拙，馋涎中亚大谋凉。

两千魂魄难归土，万亿金元全泡汤。

阿斗廿年扶不上，主人走了便交枪。

注：1. 2021 年 8 月 15 日阿富汗政府决定向塔利班交权投降。2. 阿富汗传说是帝国坟场，英、俄、美都曾在此地落败过。3. 从 2001 年开始到 2021 年 4 月，阿富汗战争已经花费了国 2.261 万亿美元，美军死 2200 多人。

阿富汗机场恐袭

一声巨响彻云霄，两百冤魂瞬闪天。

阿富机场兄哭弟，白宫斗室狗咬猫。

难民痛腹如汤煮，拜佬愁眉似火烧。

反恐归来遭恐袭，廿年功绩尽勾消。

注：2021 年 8 月 26 日，阿富汗机场遭恐袭，死亡近 200 人。

答南山菊先生

天命驱霾赴险关，纵横试剑白云端。

北风凛冽寒霜紧，旭日融和大道宽。

帷幄运筹韬略巧，沙场决胜庶黎欢。

妖魔擒尽凯歌返，七十年来万落安。

附：南山菊先生七律

贺昆山《天云特影》卷出

剑横胆气破荆关，旗卷崖巅匪穴端。

用命征途无敌勇，还家看宇一心宽。

峥嵘岁月白头忆，跌宕文章青发欢。

余热生辉桑梓照，吟长酬志祝康安。

霸王花落

天时紫气辅炎黄，遏制谋龙苦乏方，

贸易狂轰花半损，新冠放纵体全伤。

西邦百业修堤坝，东国千城飞凤凰。

世纪霸王悲日落，火山潜伏更惶惶。

读《贺吴培昆先生高寿寄怀》步其韵和之

蓬蒿见自野山长，七十年来问四方。（芳重韵改之）

千古谁能肩李杜，小编怎敢论苏黄。

情凝盛世江河秀，笔染书中岁月香。

喜近期颐逢伯乐，文光共璨好流芳。

附：原诗

期颐近畔韵悠长，九秩三秋墨溢芳。

千首诗成惊李杜，两编词就傲苏黄。

情凝笔底山河秀，意注书中岁月香。

愿化星辰常照护，文光璀璨永流芳。

答陈翊群先生《敬贺吴老先生九秩寿辰》

九秩松龄也算长，光阴三万认无疆。

家园到处传桃李，陋室何曾闻墨香。

载福宁川牵锦线，振兴乡梓有云梁。

期颐难望心难老，残月伴随星际光。

附：陈翊群《敬贺吴老先生九秩寿辰》

> 九秩松龄鹤算长，三千岁月福无疆。
>
> 经纶满腹传桃李，笔耕不辍翰墨香。
>
> 宁川信步沐霞光，德泽乡梓育栋梁。
>
> 喜近期颐身康寿，康乐常随享天伦。

附：陈翊群《敬贺吴老先生九秩寿辰》

银珠女士改之如下：

> 九秩松龄鹤算长，三千福祉韵无疆。
>
> 经纶满腹培桃李，翰墨盈笺著玉章。
>
> 信步宁川闲揽胜，倾心梓里善流芳。
>
> 期颐再贺身仍健，永享天伦乐未央。

山风临别（《白马山传奇》）

> 痛别山盟三五年，孤舟搏浪入南川。
>
> 途多绝壁难登岸，生不逢时未补天。
>
> 斩虎擒妖清世道，除奸惩恶解民悬。
>
> 奈何白马是非地，今领徒儿还北迁。

雨夜寒窗

> 雨夜寒窗恶梦缠，昙华路上尽硝烟。
>
> 三灾六难环环列，九死一生节节悬。
>
> 薪薄位卑无怨恨，孙贤子孝慰心田。
>
> 残年今得诗词醉，胜入琼瑶安乐天。

雷政富案

垂下天鹅肉，钓来大癞蟆。

上钩雷政富，作饵赵红霞。

本是高堂主，今成落地花。

当初差一念，十载不回家。

审结案中案，又闻家外家。

绝　句

壹、青少年时期

少时诗，从上初中直至 1960 年共写下 200 多首，"文革"中因怕招惹麻烦全部烧毁掉，后来凭脑中记忆恢复一部分，现存 63 首。

上学

朝辞穆水夜投韩，跨越娘桥十八弯。

汗雨淋留千坎石，棉鞋踏过万重山。

注：娘桥十八弯，路过铜岩弯道多，铜岩，原娘家。作于 1947 年，是初学仿效李白写的第一首诗。

卫国保家

卫国保家号令明，后方生产长三成。

军强粮足秋风劲，横扫侵朝美国兵。

注：此绝句作于 1951 年。

夜独行

千村万落静无灯，林鸟低吟伴我行。

推弹上膛防不速，山猫野兔急逃生。

注：1952 年春作于虎贝。不速，不速之客，指坏人、野兽。

挖稻根

足入冰砖水尺深，犹如万朵箭穿心。

村夫戏问凉还热？却见村姑笑脸沉。

注：此篇 1952 年冬作于虎贝，当时农村开展挖稻根运动，工作队要带头下田。

拖犁

村小民贫畜力艰，冬耕任务重如山。

嗨哟三秃歌声起，人代拖犁学秀銮。

注：作于 1952 年冬。当时流行的歌剧《王秀銮》中，有三秃子人力拖犁事。

雪夜行

三八横身握手中，何愁林暗草惊风！

寒光直下百三里，雪压山头日已红。

注：作于 1952 年冬。1. 三八，步枪。2. 林暗句，指匪徒，老虎。3. 寒光句，打手电筒，从虎贝下洋到宁德城关 130 华里。

黑影

星暗月笼云未开，朦胧黑影窜山来。

一声"不动"枪膛响，竟是赌徒瘫软栽。

注：此篇作于 1953 年春。

痨疑四首

1952 年春在虎贝区公所，因工作过于繁重，得不到休息，全身消瘦，被人疑为患了肺结核，当时宁德全县医院无 X 光机，无法确认。此 4 篇作于 1953—1954 年。

一

身似蝼蛄脸似桃，白衣疑我肺生痨。

众人饭菜纷分食，暗讽明嘲似扎刀。

注：白衣，卫生所护士。

二

似染沉疴因过劳，东君不肯减分毫。

宵宵灯熄鸣鸡后，文稿重重三尺高。

三

主公荣调罢文劳，免去长宵笔墨熬。

晨起春风勤锻炼，痨魔识趣渐潜逃。

注：主公，当时区委书记。

四

腰满腿圆健步豪，同行不敢比登高。

虎宁百里晨昏达，坚信无人再话痨。

注：宁德至虎贝，山路步行约100华里。早6时走至下午4时到达。

探矿二首

一

清早游山步草丛，罗盘奇怪乱朝东？

一锤打落藓苔石，两盒磁针指处同。

二

一行黑石闪磁光，坐证此山藏凤凰。

百日芒鞋终有报，他时峡谷万花芳。

注：此 2 篇作于 1958 年 6 月洋中九曲岭，外层是磁铁矿里是铜鎢什生矿。

遇蛇二首

一

矿门洞口挂方巾，蓝白花纹堪乱真。

我欲上前伸手拾，同行急唤是蛇身。

注：此两篇作于 1958 年 8 月虎贝黄柏村。

二

轻投一石落门台，吐舌昂头冲我来。

急举长锤端七寸，山鹰想必笑颜开。

陪斗

长宵批斗至鸡鸣，苦煞生平嗜睡兵。

夜夜抓陪台上站，朝朝说改总难撑。

注：作于 1959 年。反右倾运动中，某干部在会上打瞌睡，一连几天都被抓台上陪斗。

斗角

因何斗角互难容，三月同堂萍水中。

今夜灯移筵席散，天涯路各不相逢。

注：写于 1951 年。某乡土改中，地方和部队干部不和，互告。

戎装

打起包囊又挂枪，迎霜踏雪走西乡。

戎装一扫书生气，百里深山亦战场。

注：写于 1952 年。

雪天行二首

一

清早宁城起北风，西乡群岭雪冰封。

寒云傲发青春志，放嗓高歌步九重。

二

踏冰百里越群峰，力尽筋疲肚辘疯。

米粉五斤盆钵满，一男四女瞬间空。

注：作于 1952 年。

鬼居二首

一

通宵群鼠闹中堂，门户紧关枪上膛。

日已三竿人未起，邻居来探尽惊惶。

二

闻说空居是鬼庄，数人前后异常亡。

平生无畏妖和鬼，长夜当将不速防。

注：作于 1952 年。虎贝分区时，我一个人先到达，住在一座空房中；不速之客，指坏人。

爬山

昔时府院坐机关，八面威风非等闲。

今日落魂来此地，人称"老虎"学爬山。

注：写于 1952 年。"三反"中某因贪腐被打成老虎，调虎贝工作。

闻叶于元升学

两载奔波苦道穷，喜闻挚友入华东。

倘然不是阴阳错，谅已飞腾上九重。

注：作于 1952 年。同学叶于元在福安调干上大学，入华东水利学院，我阴差阳错，分配到宁德，失去机会。

花神

闻说看花神道灵，会同村干欲查清。

叫门不应推门入，花主惊逃神桌倾。

注：作于 1952 年。

暗恨

未解因何暗恨生，一言不合便辞行。

一时舒得心头气，前去嵯峨万里横。

注：作于 1952 年。某区级干部与领导斗口，愤而辞职。

戏言招祸

一句戏言招祸灾，黑云滚滚压山来。

同行争附齐相咬，苦饮心寒口莫开。

丢笋

皮换毛长入锦宫，谁知桥过便丢笋。

不认六亲人人咒，异日难存风雨中。

注：写于 1953 年。某乡干提拔后，趾气高扬，不认栽培他成长的人。

殉情侣二首

一

夜半高堂忽亮灯，嘈声中有女悲鸣。

一双相约殉情侣，欲赴黄泉去未成。

注：写于 1953 年。

二

刀片封侯入寸零，阎王未准去难成。

简牢夜半独流血，不见山盟相伴行。

注：写于 1953 年。

丽人心

别了山溪有海深，寒门难守丽人心。

天涯处处长芳草，莫为昙花竟自沉。

注：写于 1953 年。

漏划宣布

红皮依附气嚣张，高举郎腿进会场。

霹雳一声归五类，头昏身抖壁摇梁。

注：写于 1954 年。五类，五类分子。

查私酒

昨夜"春荒"闹半场，不知真假事难量。

借来税务查私酒，十户九家仓满粮。

注：写于 1954 年。

一念之差

五年修炼入青云，一念之差天地分。

满面羞惭无洗处，离乡背井去从军。

注：作于 1954 年。某乡干已批提拔区级领导，被告男女关系而免，后去参军。

冠冕娇娥

冠带娇娥难两全，扪心自问想当年。

名花不是江山改，焉肯躬身伴尔眠。

注：作于 1954 年。某村干提区任要职，仍与一历史复杂妇人保持关系，被警告。

舞鸡时

年方二十舞鸡时，不识鸳鸯只爱诗。

无问红绳非月老，我心自有一盘棋。

注：作于 1954 年。舞鸡，古人闻鸡起舞。

某求婚被拒

山花有意水无知，铁石心肠终不移。

月老未将红绳系，殷勤献尽到头吹。

注：写于 1955 年。

虎园

此处原称是虎园，人因成虎把家安。

我身无错何如虎？与虎同行爬此山。

注：1955 年，某干部闻调虎贝八区，便写信责问领导。其实是提拔他去当党委组织委员。因而被免。

调令

事虎五年情谊深，今临一别泪沾襟。

连连来电催声急，前路是晴还是阴？

旗峰未访

五载旗峰访未成，匆匆打伞拎包行。

那罗伤怀薛枝叹，何日回山听虎鸣。

注：1955 年 10 月，奉调到城关团县委。那罗、薛枝，当地风景名寺。

烧毒蚁

逞凶狠毒未曾闻，一咬犹如烈火焚。

拾把干柴窝下点，教他全数见阎君。

注：作于 1958 年，在定阳。

黄毛

黄毛未褪坐巅峰，不识人间南北东。

骄横跋扈无忌惮，果然失足入牢笼。

注：写于 1958 年。某青年高中毕业，任职科学研究所，骄横跋扈，后因经济问题被开除，又因伤害女友被判刑。

整风

大字百张堂上悬，团团污秽洒人前。

名花欲哭疑无泪，寄望大神能挽天。

注：作于 1959 年。大字，大字报，写某局长被整。

牢底五秋

半世光辉临老休，卅年沥血尽东流。

疯狂谋得一分乐，牢底磨穿更五秋。

注：作于 1970 年。某老革因奸淫幼女，被判入狱 5 年。

跳墙

三九姑娘四十郎，时人不解捉迷藏。

闲愁月老红绳断，其实张生早跳墙。

注：作于 1972 年。某男女二人暗中相好，外人不知，还不断去撮合。

鼠狼拜年

风雨宁城早看天，回思旧恨每难眠。

关心问讯非真意，实乃鼠狼君拜年。

注：作于 1976 年。

公鸡

五月长成冠顶红，争雄好斗有何功？

不知他日入谁口，应是宾朋宴席中。

大会点名

大会突然遭点名，何来黑手暗中坑。

当家无故怀疑我，有口难言说不清。

注：小岭乡土改中执行政策有误，扩干会上被批评，工作组长疑是我汇报的。

相见

韩阳一别各西东，三载朦胧似梦中。

应悔当初轻错过，如今相见不相逢。

棉被遭贼二首

一

忙夜遗忘锁户扉，三更月上入罗帏。

凌晨梦觉浑身冷，棉被何时已自飞。

二

昨夜梁君入室来，翻箱倒柜觅钱财。

羞逢贫汉家如洗，空手牵床棉被回。

注：作于 1953 年。我与余深湖同室，他的新棉被被偷。

修坝

洪水年年蚀岸田，农家秋夏每难眠。

各人只顾门前雪，出力不齐怎挽天。

工票

苦想冥思奇出招，一张工票驾虹桥。

千家齐力月成坝，从此兰田隐患消。

注：写于 1952 年梅鹤。

滑倒悬崖

四载无人入此林，山高树密路阴森。

芒鞋滑倒悬崖上，一步前临万丈深。

注：1958 年黄柏找矿，同行一商业同志，不慎滑倒滚至悬崖边。

红莲歌

避灾长驻外婆家，临别深山拾树桠。

樵女红莲歌阵阵，柔情蜜意胜城花。

注：1949 年国民党残兵过境。我到铜岩村避祸。

永春蛇二首

一

淫雨初晴入矿山，条条小路有蛇拦。

曾逢眼镜与青竹，更有银环依树盘。

注：眼镜、青竹、银环均为蛇名。

二

青竹昂头朝我挨，长锤三击肚肠开。

同行唤我速规避，防那蛇群报复来。

注：1958年往永春地质培训班学习并上山找矿。

雨夜回南埕

天暗云浓暴雨临，回言谢老事难斟。

南埕荒芜路多险，你两此行当小心。

遇蟒

电闪雷鸣雨泛光，忽逢巨蟒挡中央。

缓行约过三分久，不识蛇身几丈长？

告别定阳

百日定阳如镀金，匆匆分手别知音。

峥嵘突变弯难转，愿此人生少浮沉。

调地质队

三月农村锻炼成，调回工业作尖兵。
此行未必琼花路，恐有风云雷电迎。

误杀三首

一

杀人不问假和真，生性凶残头脑昏。
可叹无辜三子弟，不知何处泊英魂。

注：写于 1953 年。指宁德虎贝葛地村新中国成立初期误杀三名解放军事。

二

昏庸愚昧此村人，集体长将凶犯存。
纸火自燃真相露，千秋遗臭痛儿孙。

注：写于 1953 年。

三

杀人本已负良心，攻守同盟罪更深。
皮纸焉能包住火，到头馅露尽遭擒。

画皮狼二首

一

贫农军属两头香，何事朝朝闹会场。

昔日头家盆钵满，如今牌桌痛铺霜。

注：写于 1954 年。头家，开赌场。

二

黑身卷曲似蟑螂，无理纠缠常闹堂。

刮去画皮刨到底，方知原是一条狼。

注：写于 1954 年。其人系为漏划地主，几子参军，家开赌场，经常借势来闹事。

贰、白马山时期（1959—1965）

1961 年 1 月，因被人陷害，下放到沃里油茶场和飞鸢林场，前后经历 5 年，1965 年调回。

题工业展览馆

遍地工房如笋长，钢花含笑放芳香。

机声传入蟾宫里，月女倚门思故乡。

注：写于 1959 年 10 月。

题亭

十年沧海水横流，别了少童奔白头。

碌碌忙忙消日月，辛辛苦苦几时休？

注：写于 1961 年 1 月 4 日于筠竹坪亭。

迷路

十年梦醉万山中，烟雾迷蒙西作东。

度尽羊肠临绝壁，山穷水断日朦胧。

注：写于 1961 年 3 月。

早起飞

终日忙忙只为饥，挨年费月更何时。

长安不是久居地，挣脱缰绳早起飞。

注：写于 1961 年 1 月。

如痴如醉

如痴如醉懒慵慵，厌事烦心百望空。

苦恨双肩无羽翼，朝朝囚困画笼中。

注：写于 1961 年 4 月。

风雨白马路二首

一

烟雨蒙蒙大汗吹，饥肠辘辘四肢疲。

乌啼日暮声声血，何处明朝全不知！

注：写于 1961 年 4 月。

二

朔风阵阵夜蚩鸣，月隐云稀星不明。

白马垂头悲过客，路长债叠几时清？

高岭红梅

朔风怒号泣寒禽，百草凋黄万籁暗。

独有红梅迎雪艳，闭门东主不知心。

注：写于 1961 年 12 月。

白马别友

方逢白马又离欢，风雨同舟共苦艰。

愿尽寒冬春暖日，鱼还大海鸟还山。

注：写于 1962 年 7 月。

思君二首

一

终日思君眉不开，为何不见音书来。

凉秋竟是难眠夜，对影凝思空自哀。

注：写于 1962 年 11 月。

二

三朝一盼尽无音，望断愁肠苦断心。

枕冷方知泪雨湿，长宵如醉听寒禽。

信口雌黄

信口雌黄画景妍，阳光底下画皮穿。

八千亩竹何方去？留得"英名"天下传。

注：写于 1963 年 5 月。飞鸢林场谎报造竹林八千亩，经落实不到几十亩，被省通报批评。

三月阳光

三月阳光多少时？山间红白斗芳菲。

蝉声啼处春茵满，鸟戏枝头人不归。

注：写于 1964 年 3 月。

豹踪

昨夜鹅毛大雪封，通宵未响镇山钟。

凌晨开启茅门看，豹子光临留印踪。

采莓

四点山前日坐西，举锄无力腹中饥。

收工结队采莓食，填得肠来汗浸衣。

叁、六七十年代

葫芦

宦园春日植葫芦，蜂蝶寻花话有无。

不意寒来三道雨，满盘枝蕊尽衰枯。

注：写于 1969 年 11 月。

归来燕雀

燕雀归来尔莫喧，陌头绿满未还家。

春光无限伤心事，只恨当时一念差。

注：写于 1970 年 4 月。

题猜

救险居楼何不知？寒城利剑赠熊罴。

忘恩负义今同早，破镜难圆梦自吹。

注：写于 1971 年 8 月。

南冠雪花

南冠昨夜雪花开，燕尔传书莫再来。

方罢寒阳三道雨，又闻西谷一声雷。

注：写于 1972 年 10 月。

夜游洋中街

四色银花五彩灯，一轮普照九州行。

金光美影良宵夜，凝望东天喜气横。

注：写于 1972 年 10 月。

夏潮

阵阵惊雷卷巨澜，一舟沉覆千帆还。

魔囚地网鬼归穴，从此闽山改旧颜。

注：写于 1974 年 5 月。

雾锁蓬莱

三年风雨每阴霾，雾锁蓬莱路不开。

莫怨寒梅空自落，桃红柳绿送春来。

注：写于 1978 年 5 月。

天理昭彰

天理昭彰报应迟，十年桑海有谁知。

公卿拆戟沉沙日，却是千红万紫时。

注：写于 1977 年 11 月，写"四人帮"被清算事。

题扇

五月艳阳天，通窗绿映帘。

风摇花影动，蝉闹促人眠。

注：写于 1963 年 5 月。

百花台

三春时已过，勿近百花台。

徒洒伤心泪，春光不再来。

注：写于 1971 年 5 月。

镀金

未入龙门先镀金，修成正果可充真。

蹒跚学步小螃蟹，想作他年天上人。

糊涂

莫信糊涂乱点鸦，聪明人设三分傻。

今朝不计小爬蟹，他日深山将虎打。

于山会

腊月榕城风雨寒，八方财士会于山。

同心共策韬和略，打下来年第一关。

采沙女

东邻河畔七枝花，未着红裳先裹沙。

三载霜寒连日烈，伴随电旅度年华。

弹金线

背井离乡别妇儿，长弹金线与谁衣？
深荆短棘藏蛇蝎，苦海难熬更是非。

为"四人帮"倒台而作

纱帽未红枷锁抬，天明新局正棋开。
尔曹破釜沉舟后，自有千帆竞渡来。

存头诗二首

一　一二三四

一朵芙蓉逐水流，二妖争斗士难留。
三山踏遍红颜老，四海归来万木秋。

二　破镜难圆

破碎山河三尺残，镜中人力挽狂澜。
难为强虏飞灰灭，圆月重逢天地宽。

护林救火二首

一

护林救火入山腰，逆火从风转北烧。
一阵红云迎面照，睫毛眉发尽枯焦。

二

林场休谓好逍遥，日日提防山火烧。
别说临危赔老命，功亏一篑尽勾销。

肆、八十年代前后

闻霞儿高考录取

忽传喜讯泪眉梢，三月愁云半遣消。
唯望东君添把劲，能从玉宇听箫韶。

过蓬莱

一夜从车渤海开，凌晨不意入蓬莱。
三生有幸临天阙，留影仙山照未来！

存头诗二首

一

家破国危身染疴，败军之将问如何？
徐州一战乾坤定，老蒋王朝四楚歌。

二

家事重重怎奉杯？败枝残叶莫相随。
徐娘纵有三分韵，老态衰颜难挽回。

东过农校

仓促离书卅一春，红梅育子竹生孙。
仙翁直笑青人老，倩影犹存旧梦温。

人过花甲

年趋花甲更何求？卌载空怀畎亩忧。
拍遍天栏无响处，云自悠闲水自流。

东行

东行为尔育新花，不计凡夫话酒茶。
苦教娇儿明母志，十年磨剑走天涯。

错路

三载离篁辨路难，四方楼厦似群峦。
下车冤走两公里，方省村街早长宽。

登山二首

一

对镜梳妆影自惭，故人呼我共登山。
黄雉白鹤休相近，只怕茶余饭后闲。

二

昨夜天凉睡意浓，晨登举步捷如风。
后生暗暗相跟逐，赶到山头喘气同。

长城会洋客

长城登顶客无多，八达一双洋妹哥。
惊我到来翘拇指，你哈罗我也哈罗。

再登龙湫

离宁半载复登山，攀越龙湫略感艰。
老友旧朋稀落落，山头满眼尽新颜。

跌足

南庄一桂正花年，跌足顿成离恨天。
可叹残香与旧烛，凌霄何处泊余烟。

西江月二首

一、塞翁之祸

西江月皎照千州，得马谁知喜变忧。
鬼绊妖缠难振翅，腾龙舞凤尽东流。

二、蠹娥

当年歌唱西江月，天女腾飞千岭越。
谁料花香引蠹娥，狐偷鼠蚀尽沉没。

农校校庆

阔别韩书四二年，故人四散各云天。
沧桑历尽青丝白，回首母园桃李妍。

1997 年春节赠东莞诸侄三首

一

月过十五光明少，人到三旬万事兴！
此日银河光焕灿，新科园里有晨星。

二

当年奋志走天涯，数朵芙蓉南国栽。
叶茂花红风景好，是谁引路架桥来？

三

昔岁逢牛栽小树，今轮牛岁树成荫。
书生执掌绘天笔，将把江山绘一新。

《三打白骨精》观后四首

一、唐僧

不信亲徒信鬼魑，人妖颠倒论慈悲。
世间谁似唐僧辈，身险黄泉竟不知？

二、猪八戒

贪馋好色中妖迷，排友殃师弄是非。

难得悬崖能醒悟，寻兄花果救危机。

三、孙悟空

一双火眼配金睛，赤胆为师护取经。

何惧妖魔千万变，金箍棍下尽原形。

四、白骨精

千年修炼骨妖生，本性食人难改更。

三变到头真像现，未尝僧肉身先烹。

1999 年春节赠东莞诸侄三首

一

十年磨剑应天来，千里寒云竟日开。

莫问南空晴与雨，金凭赤手创蓬莱。

二

春江水急浪淘沙，束发黄童南国花。

千尺悬桥飞步上，当临绝顶焕芳华。

三

方庆红梅修硕果，又闻绿竹长新枝。

八闽花草南疆种，万紫千红天下奇。

花甲自喻

岁月蹉跎乱世中，千拼万搏尽归空。

余生还有几回醉？斜插芙蓉莫信风。

伍、新世纪初期

新能源建厂

三载从征心胆悬，今朝拨雾见新天。
前航不少风和浪，把稳操盘永向前！

卖楼花

茫茫一片尽坑洼，三载张罗不见家。
先置婵娟亭里坐，请来银客买楼花。

批陈水扁"两国论"二首

一

粉墨两年丑相彰，道穷又学唱花腔。
洋爸若不撑腰杆，早赴龙宫作蟹王。

二

螳臂挡车不自明，赌头玩火比输赢。
生灵百万能儿戏？载罪千秋留臭名。

新城建造者二首

一

竹舍蓬门长作家，隆隆声里度年华。
工哥不洒浑身汗，那有新城五彩花？

二

昔年荒草接寒烟，今日楼群一线牵。
多少无眠多少汗，换来金客美婵娟。

工会法

开天劈地谱新虹，共和国体主人翁。
终身权益谁维护，尽在今朝新法中。

淤河恶臭

河淤水浊臭西东，却见长街七彩虹。
过往行人常掩鼻，奈何棉被盖鸡笼？

某歌星演唱会

高台银烛照摩肩，一曲歌喉十万钱。
世上黄金何自贱？几多下岗在熬煎。

秋思二首

一

沧桑历尽笑炎凉，不羡公侯不敬香。
但得桃源能自乐，何需衣锦比还乡。

二

走马轮灯四十年，莺来燕往尽云烟。
但祈酿得桂花酒，愿守田园不羡仙。

闻诗友争吵

飘飘黄叶几多香，雪鬓何须争短长。
一旦无常招手唤，不知谁处是家乡？

东湖摩的抢劫案

有癞蛤蟆摩的哥，垂涎三尺想天鹅。
鹅腥未舔先流血，十载铁窗耐尔磨。

励詹颖

十六韶光不再来，天门自古为勤开。
三年磨就登云剑，一跃蟾宫把桂摘。

溪云集会二首

一

溪云吟咏韵先先，鸣鹤诸君效古贤。
一月一诗来一酒，十年诗酒化诗仙。

二

溪云吟咏韵先先，十八书生效古贤。
两席分筵成九九，再登一曲月儿圆。

东湖雪景

六角飞花处处悬，东侨四野尽寒烟。
公交车响无人路，鸥鹭不来湖上天。

元宵之忆

吟诗对酒话元宵，还记当年鬓发焦。
风凛牛楼明月夜，伊人垂泪听歌谣。

宝塔门前

宝塔门前五果茶，是谁设供请神家？
今晨酒干荔枝没，何路神仙沾了牙？

东湖见闻

十里湖塘填土沙，稻移蕉退走鱼虾。
高车鸣笛楼群起，鸥鹭难寻昔日家？

晨练随笔

湖雨飘飘青草芽，湖塘水满又鸣蛙。
湖边慎把盘蛇踩，湖路须防"野马"车
注："野马"车，指已报废的工地运土车。

晚餐金马长堤

长堤十里晚风凉，村女家家捞蛏忙。
纨绔未闻江海苦，花天酒地任肥肠。

江油关怀古二首

一

诸葛难回汉祚倾，师婆无力救阴平。
子龙若不还阿斗，邓艾悬崖敢用兵？

二

二千瘦卒入江油，万里川城王气收。
可恨汉家生马邈，人非天意遣亡刘。

形象工程

为求形象苦折腾，先起神坛后点灯。
力尽半拉成裸壳，开光和尚已荣登。

教育乱收费

百行各有赚钱经，谁比先生"法旨"灵。
吸管孩童头上放，敲膏吸髓不嫌腥。

读报有感

风流杨柳万千条，欲断黄根去路遥。
每见官红财大客，修成金屋又藏娇。

路过前桥

寻车觅路过前桥，忽见秦娘把手抬。
但望普天同富贵，秦楼他日不吹箫。

慈禧墓被盗

曾掌乾坤威万灵，到头山野暴尸腥。
那拉若肯行明治，陵寝夜珠光不停。

读《滴血的收容》

得道螳螂何等馋，视民如芥任吞衔。
当今华夏光明土，大法岂容"铜柜"掺。

注：1. 此系揭发湖南连源市收容站文章。2. 铜柜，武则天密告箱。

贵府夫人求卜

贵府夫人求卜签，不知凶吉为谁占？
求天求地先求己，教尔儿孙慎守廉。

观音庙见闻

百里钗裙集小庵，银灯高烛亮神龛。
虔斋寄梦祈生子，大士前身却是男？

螃蟹

入厨螃蟹实可怜，狂舞双钳恶向天。
问尔横行能几日？红袍加体碟中眠。

茶陵黄金案

法入茶陵已姓贪，称权分秒不羞惭。
良心早被黄金泯，如此公堂谁敢参？

某案事

侯门纨绔太贪馋，百万银钞一口衔。
玩世只恭权与势，不知法海有酸咸。

狼与小羊

—— 美攻打伊拉克之一

大狼欲食小羊羔，未出娘胎罪已牢。
横理千条何用问，只缘身上长脂膏。

小猫跟阵

—— 美攻打伊拉克之二

趁乱来机好摘桃，小猫跟阵舞金刀
火中取粟皮先烫，得胜归来脚落毛。

战"非典"二首

一

从容赴义斗沉疴，夜夜朝朝伴病魔。
救险扶危身不顾，白衣天使万人歌。

二

五月神州斗疫魔，白衣战士执干戈。
南疆北国同携手，斩断魔根收薜萝。

淮河抗灾

"非典"恶魔方收藏，恶龙兴浪又猖狂。
斯人大任先劳骨，多难兴邦日月长。

某案

断藕连丝理不清，公卿屋里又啼莺。
状元乞食轮回替，一曲乌云一曲晴。

残棋乱局

残棋乱局恐难收，大夫无计乱谋瘳。
争雄惹得硝烟起，亿万生灵泪血流！。

参加新能源厂奠基有感

白马曾跨世界先，松湖歌罢再扬鞭。
闽东儿女拔山力，撑起南疆一片天。

2005年春节赠东莞诸侄

束发南疆十五年，敢同洋佬比登天。
纵横一叶风流画，出手频频世界先。

水濂山

十里驱车入水濂，三年初次听啼鹃。
人言粤地无飞鸟，燕舞莺翔雀满天。

贪官拜佛

焚香立供拜通宵，为拯乌纱把罪消。
神若贪赃将尔护，玉皇查究亦难饶。

五一别新友

一逢一别比云烟，十世修来一渡缘。
此去千山留一笑，明朝一月两边天。

东湖春景

宝塔山前鸥鹭飞，湖塘千翠入烟帏。
黄莺早唱春光曲，残雪迟迟恋不归？

灰鹊

灰鹊生来长尾巴，青云方上便忘家。
横空不识深和浅，失足因缘一念差。

车过瑞士

林密山青湖水芳，绿茵遍地欠膏粱。
星星小屋无人影？牛仔悠悠随草长。

夏日访山庄

门前千幅鸟虫鱼，酒后三盘炮马车。
十里烟花留故客，一轮明月伴诗书。

三小猪

台湾陈水扁和"教育部长"杜正胜把"罄竹难书"用于表扬义工事。把"三个小猪"编入成语词曲，引发笑话。

词海收存三小猪，南山罄竹表功誉。
马腰拴在牛头下，教长原来不读书？

注：誉念平音。

老徐娘

金发洋装珠翠光，花心不减老徐娘。
玉楼每每伸红杏，家桂何如野桂香？

嫁台女

二十年前老又苍，今逢满面泛红光，
台湾婿有还童药？不信娘们跨海忙。

某艺校见闻二首

一、鸳鸯

假日豪车乱学门，婀娜含笑挽肥豚。
双双牵入舞厅里，雪鬓红颜似祖孙。

二、啼痕

金枝暗自卦啼痕，学府楼高竟染尘？
买得款翁三日乐，到头误了百年身！

龙虾

道旁踱步小龙虾，土掩湖塘没了家。
怜尔余生无几日，见人还恶舞双叉。

时间有感二首

一

蛇口吞蛙春夏天，蛙餐蛇肉待冬眠。
舞台主客轮轮换，相报冤冤代代延。

二

昔尔曾将箕豆煎，如今轮我把箕燃。
乌纱本是黑来染，尔入牢笼我上天。

嗜舞妇

笼鸡方唱赶梳妆，抛却儿夫温梦乡。
犹恐去迟丢舞伴，舞池树美野花香？

注：先锋，地点，广场名。

湖塘惊遇

湖塘水镜月笼纱，惊现长蛇逐小蛙。
执石怒投三未中，蛇逃蛙躲各回家。

鸣诗社二十周年

诗从鸣鹤唱宁川，弹指一挥二十年。
梅老菊黄香渐去，新园桃李正娇妍。

龙湖赞

一坝拦河水筑天，嶙峋化殿伴龙眠。
霓虹灯唤茶山女，迎舞诗廊飘若仙。

龙湖夜景

十里堤栏诗六千，红壶绿叶绕江悬。
奇思奇步奇才笔，绘响龙湖一片天。

迎接 2009 年春节，试和江泽民同志春节团拜诗 赠东莞诸侄

南国躬耕二十年，饱尝甘苦创新天。
移桐引凤荣乡梓，一代雄姿永向前。

附：江泽民同志原诗

忽忽光阴二十年，几多甘苦创新天。
浦江两岸生巨变，今日同心更向前。

先锋广场见闻（嗜舞妇后继）

因疑暖席被沾香，醋火腾天三丈长！
追打婵娟揪舞伴，无情棒散野鸳鸯！

和心源君春节诗二首

一

诗城处处泛春风，后继群星道不穷。
廿载栽花人尚健，一弦高奏众声同！

附：心源君原诗

人间始信有春风，厚谊高情道不穷。
感谢群贤扶大雅，一心唤取众心同！

二

烈火焚知金与铜，鹤鸣国里认群雄。
十年树木名师老，万丈楼非一日工！

附：心源君《选诗酬答培昆先生》

万选青钱百炼铜，诗坛谁是出群雄。
人生五味如参透，别出心裁曲最工！

试和孝钧老师新春赠诗

文坛笔墨胜由衷，宽窄高低山不同。
诗国乾坤多少事？迎天一曲乐无穷！

附：孝钧老师《新春赠吴培昆老师》

弘扬国粹乃初衷，漫道人生各不同。
但愿此情能长久，满怀诗句不终穷。

学诗有感

欲学诗词先学贤，念纯心正句连篇。

一支无畏无私笔，能撼蜉蝣能撼天！

和孝钧老师《网上偶成》

大千世界一屏遒，小鼠来回跳不休。

一击情怀天下计，唯余雅子画闲鸥。

附：孝钧老师《网上偶成（外一章）》

网海潜行笔力遒，键盘跃动几时休。

鼠灵标巧书千纸，春雨春风万里鸥。

此诗若换韵，用七阳：

三千世界一屏装，一鼠奔波十指忙。

四海五洲凭一击，万家啼笑百年藏。

和孝钧老师《寄银珠培昆仕玲栋森诸友》

飘飘银发复何求？听雨闻莺百啭喉。

少小楼园重入梦，问君今处可优优？

附：孝钧老师《寄银珠培昆仕玲栋森诸友》

立春喜雨欲何求，沧海愁肠揿转喉。

千古文心争一醉，题诗何日与君优。

清明偶遇

荒草坟前一物驮，昂头吐舌路难过。

明知要负三分罪，赤手空拳无奈何？

注：三分罪，俗语，"见蛇不打三分罪"。

答好春焕日诗友

汉瓦秦砖谁与量？千年蝼蚁费奔忙！

观疲世态凉和热，且借龙虾写句章。

再答好春焕日等诗友

龙虾未必好文章，只向人间诉暖凉。

莫比班门谈弄斧，同行仁必有师藏。

渔舟

大小篷舟江上游，迎风撒网又垂钩。

渔翁不费耕耘力，鱼鳖纷纷竞自投？

天峰亭老妇

八七耄龄白发稀，肩挑百担步如飞。

若非仙姬下凡界，总是天亭山水肥。

致三小小诗人

诗词瑰宝入华年，历史长河早看天。
博古通今传礼义，江山一代尽新贤。

张飞牛肉

一条小巷七张飞，墨面戎装凶目眉。
岂有桓侯来卖肉？痴人可爱自相欺！

勉孙儿王宇上学

梅花香倚苦寒浓，英杰常生逆境中。
世道弯弯无直径，人经百折始成功！

注：孙儿王宇今夏考录福大（因高考中发挥失常，未能争到理想学校，颇有失意感），上学前以此勉之。

给詹颖诗

数月惊魂一笑闲，前程还有万重山。
攀天入月功能学，全在千锤百炼间。

注：写于 2005 年 9 月 5 日。

陆、2010—2012 年

西门庆争夺战二首

网载：山东省阳谷县、临清县和安徽黄山三地正在上演一场西门庆故里争夺战。

一

立庙树碑办旅游，谋财害义不知羞！
三家争捧西淫棍，想必还须武二头？

二

商吏为钱争旅游，宣淫传秽岂言羞？
人人都学西门庆，天下鸳鸯难白头？

和《西门庆争夺战》倒转原玉反其意用之

毒贩为何冒断头？笑贫人不笑娼羞。
有钱能唤鬼推磨，莫怪商官争旅游。

桃之说

逐水何言轻薄来？芳流四海百花开！
欲圆陶令千年梦，先教奴家万国栽。

钓鱼

快乐鱼儿江上游，因吞香饵痛遭钩。
失身休怨渔翁恶，不改贪馋隐患留。

鱼的话

姐妹成群江上游，竟遭罗网又遭钩。
有朝舟覆成吾饭，饱尽膘膏骸骨留。

盘蛇

晨林鸟叫见盘蛇，三角斜头间白花。
生平与汝无过隙，因何弄舌又磨牙？

山寺诗声

娇声脆曲染云冈，晨鸟和鸣花吐芳。
寺霭门浮髡素女，不知吟佛或吟郎？

佛节

山色迷蒙听寺钟，玉盘寂寞佛灯红。
经声传唤虔诚女，银烛香油满道中。

蜀亡之叹

天意行将灭汉刘，岂容诸葛换春秋。

可怜阿斗不思蜀，堪笑姜维空断头！

诗友相谑

诗国乾坤大，胸怀船可撑。
区区沙几粒，何故不容情？

错字之叹

曾把绿君误作缘，绿缘同有一丝牵。
生平自恨读书少，难得绿君不计嫌。

遇蛇

春晨结伴欲寻花，路见环蛇逐小蛙。
挚石持鞭瞄七寸，蛙逃蛇倒卧堤沙。

山寺钟鸣二首

一

山寺钟鸣日照坡，欲将香果问婆婆。
殿空不见僧尼影，机器代人阿弥陀。

二

机器代人阿弥陀，僧尼事省乐如何？
今朝懒把真经读，怎敢西天会达摩？

注：弥念上声（米）。

清污

几回加费说清污，污水年年臭河湖。

日大乌蜂群喝水，还余多少洗糊涂？

注：乌蜂，雄蜂，蜂群中不做工者。

桥上犬

日日桥头数犬封，呲牙咧嘴吠人凶。

今晨持棍桥中走，欲觅汪汪无影踪。

洗市场

农贸通宵洗市场，惊闻贵客访贫乡。

菜娘谆子须留意，莫怒城官断米粮。

卖肉女

市城卖肉一枝花，络鬼通神真到家。

吩咐今宵休灌水，明朝上管要严查。

赠浩宇升学二首

一

浩气长虹亦率真，宇寰谁识少年身。

荣光高照蟾宫路，升日吴门万象新。

二

浩气凌空冲斗牛，宇寰道熟不须留。
升天有志还当勇，学海无涯勤作舟。

龙湫建新广场

乱石残芜不可侵，千年河谷更新衾。
晨姿赢得青山美，琼雪飞花伴鸟音。

楼房补漏者之居二首

一

桥天解我雨风忧，不问花开与水流。
寒暑三千六百日，妇从夫唱乐悠悠。

二

年年春雨又秋霜，桥板遮天车作房。
蝉鸟为邻蛙与伴，粗男黑女自风光。

污染二首

一

百里楼园气象新，花繁柳醉草如茵。
奈何归鸟远河道，一臭沉沦万丈春。

二

三月阳光画景贫，城河两岸未来春。
花红不见蝶蜂逐，水黑更无鸟问津。

映山红

镜台谷雨映山红，花伴婵娟笑路中。
难得人花留倩影，明年还否再春风？

蛇感

青竹蛇儿逞毒牙，世间蛇每载袈裟。
人妖真假浑难辨，还有谁来保鸟蛙？

赠祝文力老师二首（存头）

一

师生三载两心投，力育群英硕果收。
文笔纵横惊四海，祝君更上一层楼。

二

师恩三载岂能忘？力育群英飞凤凰。
文笔纵横惊四海，祝君明日更辉煌。

白马品茗二首

一

仙山八骏有仙缘，三盏沁脾飘欲仙。

似见青梅悬竹马，不知今夕是何年？

二

高临白马赏茶烟，半似浮生半似仙。

笑看群峰翔八骏，灵蹄自奋不须鞭。

仙茗

长在白云无限娇，仙岚龙露日时浇。

能成八骏滋天下？绿色科研第一招。

注：龙露，指海雾。

耕山队

斩棘披荆逐鬼雄，战歌嘹亮战旗红。

青春豪气撼山动，虎豹狼豺无影踪。

染发

座座云楼直向天，满湖灯火对愁眠。

江城日秀人枯瘦，漫染霜丝扮少年。

南岸冬晨

湖莲枯老刺球红，桥塔倒摇穿水宫。
迎客高歌三五鸟，追鱼拍网一舟翁。

答余阳春先生

持琴抚剑倚栏杆，静看人间苦与欢。
未敢对天弹曲直，乘风借醉舞群峦。

附：余阳春先生原诗

瑶池昆客倚栏杆，独忆蟠桃昨夜欢。
忘却尘间无限事，捻须抚剑向层峦。

法进军马里

反恐护侨师有名，为争金铀一杯羹。
谁知马里骨难啃，方悔嗟来尽火坑。

焦城区委王世雄书记访白马山

去岁寒山集百贤，春临县首结茶缘。
仙风助我滕王阁，八骏敢为天下先。

镜台晨雾

天霭重重锁镜台，歌声未见丽人来。
金光白马频频秀，靖海玉颜何日开？

诗人互谤

茫茫诗海路迢迢，你有浮舟我有桥。
各自修行求正果，何须斗角绣高超。

绵袍之赠二首

　　范雎被须贾迫害逃往秦国，拜为丞相，后来，须贾出使秦国，范雎穿着破衣拜见须贾。须贾看他可怜，送给他绵袍。当须贾知范雎是秦国丞相时，大惊失色。而范雎念他赠绵袍一事，免其一死。

一

生杀恩仇一念间，布衣岂识范雎寒。
绵袍留义存须贾，羞教茶凉人走看。

二

人走茶凉者，当思范叔寒。
能容须贾死，一念绵袍间。

观钓鱼二首

一

清明湖水暗藏灾。鱼少纷纷钩上来。
尽是贪馋遭算计，咎由自取怨谁哉？

二

百里湖江任自由，谁知贪饵竞遭钩。
笼中挣扎为时晚，剖腹入厨成美馐。

柒、2013 年

路遇

猿颜皱黑雪丝长，一阵风迎扑面香。
环顾四周无菊桂，原来老骥学娇娘。

白发皱翁

白发皱翁追丽娘，师承伯虎娶秋香。
人前夸你年还俏？指背全呼老不僵。

访僧

心正无须问薜萝，行廉何必惧天罗。
今临山寺闻僧说，方省衙门怪事多。

同学照

鹤发衰颜不似前，昔时飒爽化云烟。
身旁三代儿孙笑，五十五年一瞬间，

明清旧街

古镇原街路狭长，泥墙木柱石牌坊。
桁斜灰落门窗破，竟是明清旧日妆？

秋雨南湖

秋雨南湖一片黄，芙蓉毯剌正梳妆。
迎风燕雀喳喳叫，原是豪车进庙堂。

老色狼

花甲狂当三十郎，多情嗜舞爱金妆。
风流频引后生妒，赠与"芳名"老色狼。

读陆游诗三首（顺其韵和之）

一

八百年连喜与哀，东夷又犯钓鱼台。
昨宵碧海烟波里，遥见放翁持剑来。

附：陆游《十一月四日风雨大作》

僵卧孤村不自哀，尚思为国戍轮台。
夜阑卧听风吹雨，铁马冰河入梦来。

二

画角斜阳不再哀，宁川已改旧城台。
观光桥上鸳千对，有否人牵琬妹来？

附：陆游《沈园》之一

城上斜阳画角哀，沈园非复旧池台。
伤心桥下春波绿，疑是惊鸿照影来。

三

日月悠悠八百年，新栽园柳又吹绵。
放翁重返宁都地，万里花园乐自然。

附：陆游《沈园》之二

梦断香消四十年，沈园柳老不吹绵。
此身行作稽山土，犹吊遗踪一泫然。

改姓

弃祖离宗改姓畚，攀亲寄义换门闾。
从今谋仕通途阔，更有儿孙好读书。

月照城空

新月城空照万枞，经闻古刹未鸣钟。
灯花正笑君行早，多少丽人尚梦中？

山寺经声

山寺经声盈夜空，银灯闪烁月朦胧。
谁人能把仙舟唤？只恐嫦娥在梦中。

风流御品

风流御品数唐程，临海依湖水有声。
三十层楼如画锦，何来赌毒教人惊？

送钟

1987 年调离针织厂时，该厂接任者竟送一架钟作纪念品，其意令人深思？

七年沥血走西东，临别归来竟送钟。
败子无情天必遣，到时且慢看谁终？

游船上

天连水接远山浑，烟锁楼台欲断魂。
画舫摇来闻古曲，却疑此处是蓬村？

注：蓬村，指蓬莱。

湖滩边景

桐叶衰枯地菊黄，刺球红艳正梳妆。
巴蕉莲竹全憔粹，米草疯狂播子忙。

捌、2014—2017 年

昨宵入梦

昨宵入梦访茶村，犹见当年老校门。
六十二年如一瞬，红梅结子竹生孙。

天湖春绿四首

一

天涯漂泊一孤鸦，天色朦胧看月牙。
天海云腾将欲雨，天人唤我速回家。

二

湖雨飘飘青草芽，湖塘水满又鸣蛙。
湖边慎莫盘蛇踩，湖路须防"野马"车。

注：野马车：当地装运沙石车，大多超装快跑，不守规矩，常出事故，被群众贬之为"野马"。

三

春风送暖百花开，春日临窗蜂蝶回。
春燕筑巢为育子，春莺歌罢玉人来。

四

绿柳摇腰欲断魂，绿桥过岸是蓬村。
绿荫掩映画帘卷，绿竹新闻又育孙。

来日鬼城

据了解，闽东这条不到百公里的路边，各县除已有数百家房地产开发商外，近年宁德、罗沅、连江都有豪商在建十万人口新城。

豪商大笔画豪庐，处处新城十万居。
快马超生犹不及，他时只恐鬼来据。

兰溪桥边

天流粽叶起狂澜，滚滚黄沙溪不兰。
夹竹桃红花已渺，只留翠鸟唱栏杆。

端午雨后

连宵粽雨净虹桥，朵朵白云伴日娇。
远看琼瑶天海角，玉人何处等吹箫。

种菜翁

场边种菜一衰翁，清早荷锄大汗蒙。
育得苗肥差未供，神爷一怒尽归空。

相逢

朝朝牧草总相逢，不问西行不问东。
萍水有缘留一笑，天涯沦落此心同。

蟠桃

春来万树蝶蜂飞，唯有蟠桃最令疑。
岁岁开花无见果，莫非王母瞒天机。

灵鳌

南北山头接鹊桥，鸳鸯洞里度良宵。
灵鳌本是多情物，善把人间爱种挑。

龙湫晨空

天连海接浪迢迢，碧落云开画舫摇。
崖谷飞花如奏乐，却疑弄玉教吹箫。

有感于女大学生陪酒死三首

　　网载：重庆某大学航空专业的20岁杨玉婷，2014年6月29日晚，因给领导陪酒，在合川五星级酒店的房间内，被中铁十局何某强奸，失血而死。

一

金玉婵娟充坐台，竟为陪酒把魂栽。
官场腐恶风难扫，打虎除蝇空响雷？

二

无限风光正妙年，谁知一醉赴黄泉。
贪魔腐菌根难绝，愧对先人愧对天。

三

金钱魔爪入黉堂，学府风残香玉丧。
打虎捕蝇清腐恶，江山正气永昂扬。

锁山门

金光铁将锁连环，白马车来门已关。
本是佛家亲姐妹，却为钱款隔重山？

注：镜台山金光寺修通公路，因白马寺未出钱而不让通过。

某名星吸毒被抓

世人争捧影歌星，财大气粗呼百应。
每见荒淫还赌毒，皮光肉腐似苍蝇。

探望病友之遇

衣衫陈旧失颜容，佣护误为新护工。
恐我同他争饭碗，三查七问脸潮红。

蚊虫

英雄无奈小蚊何？夜夜难眠听唱歌。
不敢燃香不敢打，只缘怕负阿弥陀。

读习近平《在文艺座谈会上讲话》二首

一

百花新放又逢春，改革声盈文艺门。
洗刷红尘需正气，贤师挥笔铸真魂。

二

塑造灵魂大任敷，颂扬正气逐邪污。
休凭卖座掌声转，坠给金钱当仆奴。

秋晨三首

一

东天映日海霞红，野鹜沉浮湖水中。
每每抬头窥两岸，不曾大意觅鱼踪。

二

芙蓉绽放绣球红，白鹭盘旋若水冲。
不敢专心来觅食，只缘对岸有鱼翁。

三

篱菊金黄球刺红，小竹芙蓉酩酊中。
几处笙歌连妙舞，玉人何去竟无踪。

为我国激光武器成功而作

千载辉煌威四夷，百年沉睡被人欺。
一朝唤得天狮醒，万里飞腾谁敢追！

清晨路遇

赏花迷路入侨村，数只凶龙恶相蹲。
咧嘴汪汪图近噬，竹鞭一扫俱逃奔。

元夕

黄花凋落雪霜天，旷野无声宿鸟眠。
却听新楼敲钢板，民工为啥不知年。

和薛为河先生除夕诗二首

一

马去人间换吉羊，春风化雨润新穰。
和谐长驻神州地，民富国强四海康。

二

马去人间换吉羊，春风春雨润新穰。
清贪振奋神州地，蝇虎全除国体康。

附：薛为河先生《除夕诗》

节到人间降吉羊，和风细雨兆丰穰。
今宵把盏迎新岁，共祝亲朋众健康。

林中舞妇

南园雨后万蛩眠，恍若深秋萧瑟天。
不觉身边黄叶落，白头犹自舞翩跹。

湖边落钢声

湖水涟漪阵阵风，工棚落钢响叮咚。
云楼百丈朦胧里，昔日龙虾去无踪。

入秋

小雀丛间不住吟，黄芳遍地报秋深。
红盘默默金丝吐，难慰寒来萧瑟心。

抢花

菊园展罢乱如纱，大妈进场忙抢花。
急得门神南北转，三盘五钵已回家。

碰瓷者二首

一

无知市井怪稀奇，幻想淘金闹碰瓷。
摄像无情真相现，火中取栗掉层皮。

二

才过花甲已糊涂，无计生涯想异图。

欲借碰瓷圆金梦，偷鸡蚀米一身污。

注：某地先后有青年男子和六十老妇各想找汽车碰瓷获赔款，被摄像头拍下。

捕鱼人

网下桥头依水涨，未曾食饵亦遭殃。

大鱼入篓小鱼弃，掩鼻行人嫌路长。

冬日

寒风凛冽雪霜天，寂寞南园百鸟迁。

逐水鸬鹚难觅食，鱼儿早已入宫眠。

豪楼

华楼座座起湖边，宝马香车谁入眠。

君裕唐程曼哈顿，长流汗者俱无缘。

初五早晨

海出红轮驱雾霾，林中小鸟歌喉开。

远方阵阵鸣鞭炮，迎接诸神下地来。

和林辉良春节诗

金猴临岁雨初晴，日丽风和四野清。
五福盈门千业旺，鸾翔鹤舞把春迎。

附：林辉良诗

阳和日丽似春光，鹤舞鸾翔兆吉祥。
喜气盈门生五福，灵猴初见喜气洋。

警钟阵阵

警钟阵阵响声连，万里神州利剑悬。
借问深沟蝇与虎，尔曹谁敢再欺天？

北岸抢劫案三首

一

图书路暗草惊风，赤手婵娟斗二虫。
得手豺狼方欲笑，无情链锁降中空。

二

东湖月黑雁飞高，恶匪疯狂动劫刀。
凶像昭昭全记录，天罗密布岂能逃。

三

捷径谋财三匪哥，寒宵潜伏劫天鹅。
警雷惊破黄粱梦，赤手空空入网罗。

白马山

奇采风光世上无，巍巍一马立天湖。
白云漂泊如仙境，堪与悲鸿作画图。

育茗深山

清白一生未染尘，时逢乱世自修身。
忠贞不事二朝帝，育茗深山哺万民。

忠义一门

免从叛逆作佞臣，忠义一门同献身。
不羡一朝天子贵，愿承万世庶民亲。

人间坤母

痼疾残生忽遇仙，人间坤母山中悬。
清茶甘露医烦疾，国宝奇方千载传。

筠竹坪宫

白云深处路朦胧，翡翠连绵迷惘中。
试问仙居何处是？嶓人直指竹坪宫。

八骏

仙山八骏上荣台，全是仙人指点来。
苦奋十年研极品，一鸣可令世惊呆。

自述

八十辉煌还几时，眼迷耳弱鬓生丝。
但祈余日平安过，令我年年能作诗。

彩虹坠地

昨宵闻雨雷，虹卷彩门摧。
晨起无人问，风机仍在吹。

侨村女

十载南园别有天，高楼四起树连绵。
随机高唱侨家女，迎舞晨阳乐比仙。

月出东山

月出东山分外明，伊人励我再从征。
锋毫直刺丛林食，愿教人间扫不平。

灯照鱼红

亭台灯景映池中，池鲤亭灯身影同。
风起波摇红一片，谁知灯照与鱼红？

白鹭二首

一

长在滩旁草作家，湖中觅食度年华。
生平不与群争俏，何教凡夫话酒茶。

二

独立竿头伴草芽，闲来入水捕鱼虾。
天公赋我三餐食，何用耕田种豆瓜。

湖旁偶见

假日湖旁停小车，夫妻玩网把儿疏。
双双沉醉手机乐，险教娇儿喂鲫鱼。

东湖一角

鸥鹭翱翔草木娇，高楼琼阁水天摇。
廊桥如画游人渺，只奈湖流臭未消。

赌桌

超市门前赌桌排，的哥手痒弃车来。
下锅无米妻呼急，袋底摸光正发呆。

二七姑郎

二七姑郎似野禽，田中作爱枕污衾。
可怜天下父和母，滴血十年空费心。

梅雨

梅雨潇潇青草芽，春寒料峭满园花。
夜深高塔灯还俏，斜枕窗前静听蛙。

桥上杜鹃

纵横山野杜鹃花，搬到桥头新建家。
万苦千辛红儿日，身枯颜萎不长芽。

巨伞

夏日阴云天变常，手凭巨伞不慌张。
纵然泻下倾盆雨，亦可轻松走过场。

赠浩宇

磨剑十年铁臂寒，如今已过万重山。
有心要把父兄赶，穿越巍峨天下关。

祝侄孙钰诚、浩宇高招入学

十年穿砚过雄关，励志蟾宫克百难。
须记君先人更早，前程还有万重山。

三九练男

北风如剑湿衣衫，袒背狂奔一野男。
日日凌晨三九练，闻为大赛夺花簪。

题照

东风拂面树灯摇，孙女遥遥把手招。
娇滴双双围我照，家家赏月在今宵。

题画

遍地工房如笋长，钢花含笑放清香。
机声传入蟾宫里，月女倚门思故乡。

矿洞遇蛇二首

一

矿洞门前贴小巾，蓝花色艳颇迷人。
近前察看欲伸手，竟是盘蛇卷曲身。

二

一见盘蛇急转身，谁知彼竟不饶人。
呲牙弄舌直追我，连赐三锤卧草陈。

玖、2019 年

元旦二首

一

瑶琴美酒热寒天，鸥鹭闻声不肯眠。
纷集塔前依曲舞，寻鱼当饭过新年。

二

瑶琴美酒热寒天，宝塔山前灯火连。
来往笛声鸣不断，家家饭店过新年。

深山高铁

深崖古道见飞烟，穿洞银龙山海连。
莫是寿筵王母客，天宫今夕属何年？

单车控诉

曾经举世名传遍，今落荒丛面对天。
用者居心何此狠？只因赖付一元钱。

禁笋

春芽方出尽遭挖，刨土寻根搜到家。
禁笋文章来马后，竹林无子断孙娃。

浓妆破裤

浓妆破裤美婵娟，岂是家贫如此穿。
磨露肌肤求亮丽，歪门邪道奈何天。

又逢洞裤

又逢洞裤小婵娟，自认风光别有天。
谨教未来新一代，勿容洋陋秽心田。

雨中孤鸥

绵绵夏雨路无俦，谁遣浮莲湖面留。
风急鱼藏愁晚饭，伫立草丛见孤鸥。

雨中游

冒雨黄昏逐岸游，袖短风凉似晚秋。
沥沥声中如入梦，湖楼灯点伊人愁。

白鹭

湖屏草密水湾湾，一半高楼一半山。
白鹭朝朝依草住，寻鱼觅食不思还。

春融牵狗人

六月南来热浪烘，人车嘈杂过春融。
西山云密天将雨，情侣双双牵狗冲。

湖中破船

一号东湖水上浮，横遭抛弃几春秋。
残躯烂体无人问，亦未见曾停鹭鸥。

赞新能源五学子

天教五丁入玉墀，耕耘南国赴戎机。
归腾白鹤惊世界，重启长征志不移。

和崔栋森诗

学习新军壮气和，中秋前夕喜多多。
天公若似有情意，云海成图照凯歌

附：崔栋森原诗

即席口占日日学习大军活动室上空喜见祖国版图形祥云
云白天青淑气和，高悬版籍吉祥多。
人间为有鲲鹏在，四海一家作浩歌。

接阙军长句

答诗

大风起兮凤飞翔，黑霭狂兮暗四方。
学习健儿挥宝剑，纵横一扫复光芒。
注：阙军长起句：大风起兮凤飞翔

梅鹤山庄二首

一

一片假山青石悬，南湖画舫学当年。
八方宾客长廊坐，高论纵横世界天。

二

大山深处建豪庄，仿古名今话短长。
尚德仙魂知故梓，人间此地胜天堂。

AB 团旧址

英杰生辰不是时，丹心失血染戎衣。
未曾斗敌沙场上，埋落荒丘当怨谁。

拾、2020 年

凤雨城

不忘当年凤雨城，负心卖友为求荣。

红袍原是血来染，我哭黄泉你笑升。

丁大全与白鹤岭通道

功过是非传古今，通途开凿应民心。

斑斑劣迹存青史，此地犹闻一寸金。

注：丁大全任宁德县主簿时，力主开凿白鹤岭通道。后入京任宰相，把持朝政，专权结党，排斥异己，成了著名误国奸臣。

姑婆宫

矢志青云不染尘，奔忙父业误春身。

姑婆香火千秋继，笑看丹鸾已入神。

注：丹鸾，黄鞠女，她因跟随父兄投入水利事业，而终身未嫁，到老成为孤身"姑婆"。姑婆宫，在黄鞠故里左边，是为纪念她设立的。

政治河深

政治河深多险流，良朋劝我少中游。

胸怀真理手持笔，无畏无私可自由。

丛林肉食

心怀慈悯惜生灵，最恨丛林肉食腥。
天下豺狼犹未尽，何人敢唱太平经。

蝇头蜗角

蝇头蜗角说文章，雪鬓毋须论短长。
一旦无常招手唤，不知何处是家乡。

银霜发

三月无雷风雨浓，桥旁处处杜鹃红。
晨屏忽现银霜发，不觉几时成老翁。

公公

卅载飘零今又逢，忽闻童子唤公公。
身边未见他人在，笑我安然成老翁。

湖畔小竹林

未出清明先断魂，今朝年老不生孙。
搬来农药吓谁用？黄叶斑斑满泪痕。

注：塔山湖畔一片小竹林，年年清明前后，竹笋都被人采挖殆尽，今年有关部门贴广告，喷洒农药防挖笋，却因竹老不长笋了。

淋雨

五彩长虹桥上悬，无情骤雨瞬间连。
婵娟淋得落汤似，窥看鱼儿跳破天。

早霞

晨湖树鸟叫喳喳，惊见东天现彩霞。
灵物今疑呼唤我，风云不测早回家，

栈道梳妆

客来栈道赶梳妆，数队黄衣装点忙。
小草连根全拔尽，岂容尔等占风光。

注：黄衣，环卫工人。

野龙

咧嘴野龙横路中，行人走过尽忡忡。
一声汽笛轰鸣起，却见凶神无影踪。

餐馆

翡翠林中餐馆红，门前车水马如龙。
山珍海味杯盘满，花用私囊还是公？

充杖伞

清晨早出欲登山，突变风云顷刻间。
幸有随身充杖伞，不然又教落汤还。

东海练兵

漫天烽火练雄兵，警告台顽用意明。
莫作洋奴休贩毒，山摇地动不须惊。

彩虹

一早长天现彩虹，问谁持链舞晨空？
隆隆声响无人见，竟是机航新线通。

针女亮歌喉

三十三年别梦酬，喜闻针女亮歌喉。
青春豪气依然在，一唱全消万古愁。

霞浦行

邃密群科天下闻，来宾三百满堂春。
黄门小鲤成龙日，泽雨家山报梓亲。

同丘貉

佳肴美酒运奇谋，喜把金鳌诱上钩。
可笑工夫全白费，原来两貉本同丘。

英法将派舰巡南海

当年放火劫圆明，十亿人民忿未平。

今敢再来挑弄祸，新盘老账一齐清。

注：英法将派舰巡南海，叫嚣要进中国领海并可能发生对抗。

岸旁鸥鹭

天寒水冷小鱼藏，觅食鸥鹭立岸旁。

见我到来齐瞪眼，闲手轻挥尽飞翔。

春至

湖边青草正长芽，蝴蝶蜜蜂忙采花。

黄鹂枝头整日唱，梁间来燕筑新家。

初五

凌晨鞭炮似惊雷，迎接诸神天上来。

祈保今年风雨顺，添丁添福更添财。

拾壹、2021 年后

虎去雄风在

虎去雄风在，兔来万里晴。
扫魔清宇宙，执剑再长征。

一代战南疆

一代战南疆，长空比翼忙。
余红当化烛，照尔摘天狼。

冠魔作孽二首

一

鬼门关前几徘徊，痛恨冠魔作孽来。
幸得阎公收铁笔，阴阳簿上把名摘。

二

苦斗冠魔离鬼乡，三周鏖战已驱羊。
尧天舜日高高照，可教无常还有常。

茶山女

白马清明晴雨连，黄莺声脆百花妍。
和风拂面茶山女，迎舞朝阳飘欲仙。

清明

清明白马雨纷纷，踏遍青山人断魂。
欲问仙茶何处有，香蒙八骏百花村。

有感于解放军仪仗队赴越南参加阅兵

千年风雨本同舟，兄弟何曾也作仇。
青史沉浮当谨鉴，严防渔父撒金钩。

白马山赞

独立海疆几万年，白龙化马未回天。
三千世界百花美，愿落红尘不羡仙。

时代工房

时代工房如笋长，锂花独俏放芳香。
歌声传入天宫里，唤醒先贤望故乡。

白龙化马

独立海疆几万年，白龙化马未回天。
大千世界百花美，长住红尘不羡仙。

独秀书林

独秀书林另一家，丹心熠熠撼霄霞。
纵然只学三分艺，敢入云屏伴百花。

横箫夜

星暗月明云半开，伊人笑问我何来。
否曾还记横箫夜，喜鹊桥边把桂摘。

赠小薇女士

当年奋志走天涯，不屑凡夫话酒茶。
百炼千锤成铸剑，迎霜傲雪焕芳华。

赠友二首

一

当年矢志闯潮流，声鹊八闽闻九州。
不意黄河三百转，层层乱石挡飞舟。

二

流落江湖且作家，生平高洁本无瑕。
井蛙不解鹄鸿志，一笑由他话酒茶。

穆水赞

一坝拦河水筑家，八方来客伴鱼虾。
嶙峋化作水晶殿，天国游魂盛世夸。

东行

东行为尔育新花，不屑井蛙论酒茶。
苦教儿明鸿鹄志，十年磨剑走天涯。

糊涂执笔

糊涂执笔画乌鸦，笑对黄牛弹琵琶。
空与冰虫来说夏，何从蛙井论天涯。

莫道君行早

飞越天崖克万难，满腔血热破雄关。
东明莫道君行早，更有行人早已攀。

千锤百炼

十载峥嵘一笑闲，前行还有万重山。
休疑入月登天梦，全在千锤百炼间。

励志诗

莫道穷山无异才，天门自古为勤开。
十年磨就登云剑，一跃蟾宫把桂摘。

迎霜傲雪

少年奋志走天涯，何惧凡夫话酒茶。
百炼千锤成铸剑，迎霜傲雪焕芳华。

逆境

梅花香倚苦寒浓，英杰多生逆境中。
世道弯弯无直径，人常百折始成功。

逆风

少年壮志闯苍穹，不怕船横战逆风。
斩浪劈波狼虎逐，千回百折入蟾宫。

天湖水

天湖滚滚东流水，白马巍巍万仞山。
千载轶闻传不断，宁川百里尽新颜。

英雄除恶

天湖滚滚东流急，白马巍巍烟雾寒。
千载轶闻传正气，英雄除恶万家欢。

巍巍白马

萍水相逢风雨秋，巍巍白马梦中留。
扬帆此去三千里，海阔天高任自由。

苦斗冠魔

苦斗冠魔离鬼乡，三周鏖战已驱羊。
尧天舜日高高照，可教无常还有常。

挖笋者

沿岸竹林黄又黄，新春出笋尽刨光。
狠心贪者可知否？断子绝孙看竹亡。

阿富汗美军遭袭

征讨仇雠二十秋，安知恐暴不干休。
临行重送别离礼，足教登君苦白头。

四老会聚二首

一

扶梯摇晃上层楼，相看如今尽白头。
世纪沧桑全历后，峥嵘岁月笑中留。

二

长璋馆里喜相逢，四老全成白发翁。
今日有缘还一会，明年只恐各西东。

偶感

当年慷慨走针楼，风雨无情壮气收。
三十五年常入梦，白头还有几春秋。

白马仙茶赴古都西安

天长白马一枝花，今客十朝皇帝家。
乐与群芳相斗艳，共为华夏展繁华。

痛悼陈玉海诗友

二载忙忙欠事多，未闻雄杰染沉疴。
诗坛从此失君影，又教落花无奈何。

天篷元帅传说三首

一

人传天上有天篷，调戏嫦娥怒玉翁。
贬入凡间当豕食，儿孙代代煮锅中。

二

玉皇殿里本元戎，失在一时淫念疯。
从此神仙成豕辈，戒人切勿学天篷。

三

八面威风元帅他，嗟呼失足落凡家。
子孙代代入刀俎，只恨天篷一念差。

白马仙茶

长在琼宫寂寞天，飘零白马结茶缘。
此生能有耕郎伴，愿入红尘不作仙。

梦

事繁多梦入乡间，又遇昔时风雨寒。
大小妖魔缠不去，醒时己是日三竿。

白马仙山

不爱红裙爱绿纱，白云深处乐为家。
生平厌倦人间事，不管皇城奏暮笳。

迎舞朝阳

白马清明晴雨连，黄莺声脆百花妍。
和风拂面茶山女，迎舞朝阳飘欲仙。

清明白马

清明白马雨纷纷，踏遍青山人断魂。
欲问仙茶何处有，香蒙八骏百花村。

赠友

当年矢志闯潮流，声鹊八闽闻九洲。
不意黄河三百转，层层乱石挡飞舟。

月光下

一片鸦声疑鬼叫，横刀我自对天笑。

满腔热血洒昆仑，明月何当肝胆照。

拾贰、《天云特影》评诗

一

酒陷狂澜犹梦春，色为丽鬼必伤人。
悬崖跃马不知勒，留下百年长悔身。

二

奉劝世人色莫贪，花前月下守平安。
百年犹似三更梦，休教儿孙负臭还。

三

仁是灵魂义是金，劝人行事莫亏心。
一朝做了亏心事，夜夜难眠恐鬼侵。

四

昔日枭雄早化尘，谁将史丑奉为神？
人生不辨真和伪，世路迷茫恐失身。

五

车马连绵炮火飞，人间争斗事如棋。
深谋远虑勤思索，步步先声出手奇。

六

世人只道爱黄金，不认当年只认今。
多少辜恩忘义辈，过桥便把杖藜沉。

七

装神弄鬼扮仙巫，算命看花又画符。
卖色骗财谋复辟，腰间伏剑斩凡夫。

八

志在天河身在寰，眼瞧化外万重山。
花容月貌何当事，且把南柯蚂蚁看。

九

生平志在白云边，自幼倾心学古贤。
身正何忧邪影照，男儿立地更擎天。

十

此生空负美如仙，不见真情那有缘。
心比天高通帝子，命同纸薄似浮莲。

十一

荒唐无谱是神坛，作恶求神罪可宽。
若说花钱能改命，世间菩萨尽贪官。

十二

归来千里美婵娟，只信真情不信缘。
生是洁来还洁日，乌鸦蚂蚁断魂天。

十三

色鬼迷人非等闲，英雄难过美人关。
一朝失足恨千古，再想回头万仞山。

十四

窈窕百里一枝花，赌毒偷淫全到家。
笑口半开甜似蜜，阴谋万丈腹如蛇。

十五

棋逢敌乎步玄乎，步步犹登八阵图。
胜者常因一着错，招来变局满盘输。

十六

为人不可把天欺，天理昭昭法镜垂。
善恶原来都有报，只分来早与来迟。

老狐评

摇头摆尾似狐狸，巨滑老奸谁不知。
生性无常千万变，杀亲封口避危机。

花钱免灾

闻说花钱能免灾，天公菩萨也贪财。
世间谁见神和鬼，全是痴人说梦来。

梦魂闻鬼

自仗有谋万丈深，欺人欺物更欺心。
谁知善恶天全看，夜夜梦魂闻鬼侵。

神鼠评

浮游到处似乌鸦，横肉满腮加豹牙。
害理伤天无恶不，赌嫖偷抢是人渣。

白灿姑诗

平生丽质胜黄花。善目慈眉藏毒牙。
口若蜜糖心似剑，杀人吸血竟如麻。

大狼诗

杀人放火走江湖，臭味相投兄弟呼。
结义交盟真或假，全凭酒肉有还无。

马小杰诗

长怀万里青云志，坚守冰晶玉洁身。
行必光明磊落事，敢为立地顶天人。

张山叹

走壁飞檐功艺殊，何当林野雪中梅。
可悲失向走邪路，混入魔群狗屎堆。

卷首诗

岁月濒临七十周，天云依旧水长流。
昔人俱已鹤西去，此处惊魂动魄留。

引子诗

乱世枭雄又白头，青山自古笑王侯。
尔曹个个成坟草，万载江河依旧流。

第 2 回一首

此人自幼入江湖，结义假真兄弟呼。
一语不和翻脸恶，横刀落下血流污。

第 4 回一首

天池山上舞枪刀，智巧谋长志不高。
张网只知抓小蟹，却教狐鹿大狼逃。

第 5 回一首

命薄虽如池上草，心骄犹自比天高。
金蟆早立蟾宫志，放饵庸夫笑白劳。

第 6 回一首

志在青云出学门，心悬明镜照春晨。
任恁魔怪千般舞，敢作顶天立地人。

第 7 回一首

装神弄鬼为钱财，那有神仙主未来？
菩萨贪钱将事办，玉皇知晓将他裁。

第 8 回一首

暴富全依不义财，豺狼父子福门开。
合家干尽亏心事，何日苍天报应来？

第 9 回二首

一

真真假假凤鸾吟，惯作相思泪染襟。
邀约黄泉为灭口，世间淫妇毒蛇心。

二

一双玉臂千人枕，却作相思泪染襟。
逢利弃情如敝屦，世间淫妇毒蛇心。

第 10 回四首

一

世人尝见殉情死，禽乌也曾为偶终。
但若逆天孚正义，昭昭日月不相容。

二

一声巨响彻云霄，立地动来山亦摇。
拳脚齐飞如闪电，英雄瞬秒伏双妖。

三

忠仁正义记心中，为爱为情天认同。
人若逆天行不义，必然天地不相容。

四、杨赞

风狂月黑恶狼嚎，白面飞花胜手高。
捷似闪雷连四击，一狼倒地一狼逃。

第 12 回三首

一

虎毒虽传不食子，蛇能断尾以求生。
弃车保帅暂潜伏，且待时来再纵横。

二

一腔热血智谋差，初出茅庐未到家。
刑讯凶顽收假供，招来乱局满盘渣。

三

满腔热血志何酬？不扫匈奴誓不休。
凭借钢刀翻雾海，寻来海市与蜃楼。

第 13 回四首

一

一世姻缘百世修，红绳岂可乱缠头。
虾蟆尽尔千般叫，难唤天鹅天上游。

二

只缘前世未修真，休怨皇天休怨神。
江水难流江底月，钢刀能毁镜中人。

三

宝马香车富贵开，琼楼玉阁伴郎才。
长宵只恨歹徒剑，我愿终生莫醒来。

四

驾雾腾云南北东，飘飘忽忽入天宫。
谁知竟是三更梦，一剑截回寒屋中。

第 14 回二首

一

雨暴风狂云闭天，龟蛇妖怪满园田。
猢狲只道时将变，倾刻谁知日又悬。

二

鹅毛大雪满天飞，封闭通途只一时。
且待东风重返日，冰溶雪化自能期。

第 15 回二首

一

不义之财不可贪，害人害己刻心间。
一朝真相公天下，代代骂名千里传。

二

私访原来有异谋，持权掠色烫魔头。
纵然倒尽天池水，难洗尊颜满面羞。

第 16 回四首

一

上甘岭下英雄卧，鹰嘴崖边碧玉摧。

春日花红双彩蝶，翩翩疑是丽人回。

二

报国英雄登九垓，殉情烈女人长怀。

至今常见双飞蝶，春日翩翩鹰嘴崖。

三

宝马香车不再回，故园狐鼠每生灾。

尧天舜日又遭敝，烟雾一时难散开。

四

传来恶耗白云停，万里银河闻哭声。

七十年来鹰嘴水，潺潺疑为玉人鸣。

第 17 回四首

一

一生积恶叠如山，行贿神明求保安。

倘若花钱能赎罪，此方菩萨是贪官。

二

今生失恋本无缘，月老未将红线牵。
却向神宫来泄愤，到头赔罪又赔钱。

三

圣责原来为净天，除邪匡正解民悬。
惜因错队成空转，幸得及时知纠偏。

四、乩诗

只因先世取横财，却教横灾相伴来。
前有狼群后有虎，左临断谷右深崖。

第18回三首

一

不识天青与地黄，猫鹰无忌便猖狂。
到时雨歇阴云散，一脸狰狞尽曝光。

二、王伍之死

评点世情看古今，养儿不教招祸深。
一朝惹下滔天罪，累老害家空痛心。

三、老壶恶梦

恶梦只因存孽根，原来处处有冤魂。
一生频作亏心事，入夜常逢鬼拍门。

第 19 回四首

一

世人不可把天欺，害理伤天逞一时。
作恶横行终有报，只差来早与来迟。

二

谍血蛮荒二十年，猫头鹰翅竟遮天。
谋妻占子成军属，跌犬崖边冤魄悬。

三

劫夺珍珠发大财，抛尸杨柳穴中埋。
含冤掩泪难投世，今日申仇雪恨来。

四、老壶

狼心狗肺运筹高，害友谋妻当富豪。
此日狰狞真相现，人亡家破只身逃。

第 20 回二首

一

天池崖石弹痕留，花落花红七十秋。
历史长河还否记，当年撼树数蜉蝣。

二、结句

风高云暗海茫茫，失主丧家痛断肠。
早识今朝亡命苦，当初何必自猖狂。

拾叁、《白马山传奇》配诗

白马山传奇 12 回，配合故事情节，共写了 60 来首绝句。

天门关

天钟突响帝门关，流落人间家莫还。
坐地愁肠千百结，小龙化马变仙山。

幽谷度芳春

残唐五代乱纷纷，魑魅当权人断魂。
贤哲无心来治国，深山幽谷度芳春。

英雄愤世

剑影刀光碧血封，沿灯走马尽罴熊。
英雄愤世藏幽谷，不问城头黑与红。

救羊羔

临危出手救羊羔，隐士真功绝世高。
箭剑寒光交集里，雌雄两虎命难逃。

救危牛

师徒出手救危牛，箭发狼群两命休。
愤恨人间强食弱，平生疾恶本如仇。

空负绝世才

少小躬耕上翠台，天无云雨花难开。
鲲鹏未遂凌云志，空负一身绝世才。

厌恨强欺弱

一剑纵横寰宇惊，斩邪扶正保清宁。
此生厌恨强欺弱，岂教人间有不平？

为富不仁

为富不仁万恶悬，纵淫纵欲敢欺天。
今朝终落强中手，魄散魂飞身首迁。

霸地欺天

霸地欺天依大财，纵淫纵欲祸根栽。
千家万户民声沸，一阵狂风便倒台。

师言长记

天涯海角师姑寻，长把师言记在心。
不敢花前忘嘱咐，他时月下会知音。

孝为先

百行常道孝为先，不可违仁与逆天。
倘若违仁行不义，天诛地灭臭名悬。

吸血虫

世上长藏吸血虫，常抛赌饵钓愚公。
一朝赌鬼缠身上，子散妻离百万空。

廿载修行

廿载修行将到家，红尘未绝孽缘麻。
不该助逆仁心灭，坠落身亡一念差。

一错空

利欲诱人处处通，三千世界路蒙蒙。
良心佛教未坚守，廿载修行一错空。

乱世枭雄起四方

乱世枭雄起四方，泥沙俱下各称王。
城头变幻莫花眼，孔雀开屏非凤凰。

黄岳接受赏赐

遥看中原尽泪痕，群雄逐鹿乱乾坤。
一朝天子常无后，万代香烟万世存。

乱世龟蛇

乱世龟蛇起四方，占山霸水各称王。
逆天违纪殃黎庶，不是真龙不久长。

生逢世乱

迷雾漫漫不见春，生逢世乱志难伸。
休将剑戟扶危主，种草深山佑万民。

莫欺天

为人欺世莫欺天，善恶条条天上悬。
莫谓一时无所报，报时身首不相连。

寒云滚滚

寒云滚滚地天沦，四海茫茫不见春。
乱世英雄难择主，茅楼深处好修身。

一错误终身

奈何一错误终身，轻信朋交恨不仁。
三十三年孤苦渡，不堪回首白头春。

劳燕分飞

泣血当初信狗熊，分飞劳燕各西东。
山盟海誓空悬挂，更负平生绝世功。

提防衣兽禽

莫醉逢迎交谊深，知颜知面岂知心。
攸关时刻狰狞现，人应提防衣兽禽。

香蕉换笑颜

演艺长街盼凤銮，除奸杀虎上深山。
模人学剑称猴智，一篓香蕉换笑颜。

地头蛇

吸血抽腥食万家，横行霸道地头蛇。
如今遇到强中手，爪断牙丢到处爬。

遇大虫

有意无心霍路行，谁知竟遇大虫横。
英雄双剑闪光处，虎血飞花虎目瞪。

留原居供后贤

星云羽化已登仙，留此原居供后贤
若问洞门开启日，七重岁月九重天

报应灵

未信人间报应灵，恶徒仗势任横行。
谁知路狭山深处，竟有绿林惩不平。

横遭恶虎

横遭恶虎直遭狼，又历洪炉又赴汤。
三尺冰融风雨后，茶山深处有情郎。

天女乘风

蓬莱山上白云飞，天女乘风下翠微。
千里姻缘相会日，人间恶煞断魂归。

小人得志

小人得志发横财，饱暖春回淫欲开。
仗富霸行天不允，雷声响处一头栽。

万恶首为淫

世间万恶首为淫，人若纵淫失众心。
多少王朝丧酒色，洁身莫许色魔侵。

花面狐狸

花面狐狸善巧装，狰狞虽盖尾难藏。
一朝失着真颜露，落得满盘全泡汤。

袁大圣回山

曾犯天条旧罪悬，入凡修炼补心田。
淫思不老又生事，一念之差七百年。

淫思未改

本入凡间赎旧愆，淫思未改怎还天。
如今一错仙缘断，痛惜空修七百年。

癞蛤蟆

潭中两只癞蛤蟆，幻想天鹅想到家。
鹅味未尝先吃剑，呼爹叫奶满山爬。

尾难藏

腹满淫思外巧装，狰狞虽盖尾难藏。
只因行恶真颜露，今日全盘尽泡汤。

叹姮娥

星光如水看天河，今日人间欢乐多。
可叹姮娥偷宝药，黄金岁月尽蹉跎。

看天河

手持宝剑看天河，今日人间愁苦多
深恨此生逢乱世，黄金岁月尽蹉跎。

一轮圆月

一轮圆月伴银河，但愿人间世代和。
四海兴隆天下治，黄金岁月不蹉跎。

天下治

我今举剑问姮娥，何日能将妖鬼罗。
清扫乾坤天下治，黄金岁月不蹉跎。

群英举剑

群英举剑斩妖魔，清扫乾坤天下和。
神药扬威百病治，人间从此尽欢歌。

大千世界

大千世界走西东，爱美争妍人物同。
倘若纵邪行祸害，举头三尺不相容。

触犯天条

欲谋佳偶欲当仙，触犯天条罪已悬。
幸好临崖知勒马，不教跌落再千年。

对豺狼休讲仁

能饶人处且饶人，独对豺狼休讲仁。
牢记当年东郭事，空怀慈善反伤身。

马结茶缘

雪乳香浮感众仙，曾临白马结茶缘。
当年莫教八闽乱，英杰何须往北迁。

青莲居士

碧落祥云传玉箫，青莲居士下琼瑶。
今宵白马赏佳茗，乐与诸君共舜尧。

黄卷青灯

黄卷青灯育弃孩，生平丑陋乏诗才。
今宵也举涂鸦笔，相伴诸君凑句来。

茶碗的老者

仓皇授首葬无坟，痛恨阉官罪不分。
尸骨如今何处去，却临白马会诸君

青茶代酒

白马名山将客留，青茶代酒度春秋。
金裘宝马无须换，一饮能销万古愁。

竟陵城下

竟陵城下西江水，曾见朝君暮入台。
不羡黄金抛白玉，愿居山野把茶栽。

阉官恨

月蚀还疑甘露天，今临白马作茶仙。
百年难解阉官恨，借剑何时返玉川。

长吟播九天

白马玉泉西子妍，芳津可拍洪崖肩。
卷来绿叶有余兴，教我长吟播九天。

青猿叫断

青猿叫断绿林西，天降梵音丑陋儿。
为教人间佳茗贵，竟陵桥下雁群啼。

卢仝怨恨

浮生不及一株松，白马丛山千万重。
难得今朝诸君会，腋间七碗习清风。

人间万古愁

仙山甘露腹中流，洗去人间万古愁。
白马人家随处有，无须卖马当金裘。

寻芳煮茗

寻芳煮茗有奇才，原是竟陵桥下来。
为著茶经传万世，离宫不把帝君陪。

七碗腹中收

今宵七碗腹中收，始觉人间更自由。
恍惚飘飘如梦蝶，常沉甘露胜封侯。

甘露引千愁

切齿难忘甘露秋，一提甘露引千愁，
今宵清茗如甘露，灌入肠中旧恨浮。

结茶缘

喜临白马结茶缘，不厌红尘枉作仙。
若似今宵琼浆醉，愿留此地不回天。

笔生花

醍醐灌顶笔生花，兰芷香盈满座夸。
若得朝朝开玉液，愿临白马筑新家。

化万愁

一杯解却生平醉，顿觉身轻化万愁。
忘罢添丁甘露事，麒麟草伴渡春秋。

天条罪

竟为私愤害生灵，触犯天条罪不醒。
本性凶残无救药，修行千载尽归零。

蛇头被断

枉修千载毒如磐，为报私仇走极端。
一欲吞人身首异，一残坠海作鱼餐。

折枝诗选

壹、嵌字格

一 唱

（赛·清）

赛马输赢凭骏马，清贪成败看高贪。

赛芳斗艳山花秀，清秽除污河水明。

赛奢摆阔身形拙，清欲祛贪名气高。

赛歌比曲求鸾凤，清蛀除蠡保栋梁。

（立·经）

立地顶天邪究畏，经邦治国吏民夸。

立极雄文传万世，经帮良策颂千秋。

立国安邦肱股将，经天纬地栋梁臣。

（开·放）

开怀共饮丰年酒，放手同题盛世诗。

开山种树家家富，放水溶田户户春。

放嗓高歌迎盛世，开怀痛饮庆丰年。

（长·春）

春江燕剪杏花雨，长岭莺啼柳浪烟。

长霭朝阳红万水，春风化雨绿千山。

（古·溪）

古道梅红知雪拥，溪桥水绿报春回。

古寺鸣钟香客起，溪村听笛牧童归。

（锦·鹤）

锦溪水秀观鱼跃，鹤岭花红伴鸟飞。

锦字传夫苏氏女，鹤书诏士汉家君。

锦心绣口文章美，鹤发童颜体貌康。

锦衣玉食人皆慕，鹤发童颜我自怡。

锦绣南疆花似画，鹤鸣北国草皆春。

锦瑟断弦人已渺，鹤绫送暖梦重修。

锦绣九州迎盛世，鹤翔四海庆明时。

锦衾已尽香闺梦，鹤氅犹思雪地人。

（保·钓）

保国英雄驱虎豹，钓鳌墨客写文章。

保銮帝卫梁难复，钓国渔翁周可兴。

保国英雄冲火上，钓鳌神客驾舟来。

保疆守土防新寇，钓鬼擒魔慰古灵。

保我军民坚壁垒，钓他贼寇入牢笼。

保国强军先辈梦，钓鳌射虎古人书。

保我神舟游广宇，钓他倭鬼入冥都。

保护海疆伸祖业，钓擒倭鬼慰英魂。

保家卫国神州振，钓虎擒狼四岛惊。

保家卫国从军去，钓鳌擒鲸穿浪来。

保国英雄穿弹雨，钓鳌墨客泛流舟。

（孝·道）

孝可贤民强国治，道能感众助邦安。

孝儿多是知书子，道士常为习武人。

孝经需教儿孙读，道术勿为奸宄传。

孝顺人和家发达，道廉政正国繁荣。

孝亲师友先行礼，道政评时早善身。

孝忠信义延千代，道佛法儒传九州。

孝义信相传百代，道儒佛共立千年。

孝女婚夷为报国，道君失寇已亡邦。

孝子司空曾哭竹，道君皇帝竟迷娟。

孝竹曾为慈母笋，道袍未必善人装。

孝儿多是读书子，道女常为愤世人。

孝子感天啼竹地，道君失德入娼寮。

二　唱

（海·天）

入海无门寻核艇，登天有路觅神舟。

入海遨游龙殿阁，登天采访月宫闱。

三　唱

（新·美）

须防美妇非贤归，莫恋新人忘旧人。

金钱美女成钩钓，旧贵新贪入网罗。

褒扬美德夯基石，培育新才作栋梁。

从政新风三代表，当权美德四坚持。

倡励新风除腐恶，颂扬美德守清廉。

（太·初）

积满太仓防歉岁，修齐初服备寒时。

才艺初红观者众，文章太古读人稀。

（未·来）

古时未信人奔月，今日来瞻舟上天。

绸缪未雨先修伞，揣测来风早立帆。

寒夜未霜蛩已寂，春宵来雨笋争萌。

黑发未穷藜藿饭，白头来试绮罗衣。

（心·路）

桥宽路阔通台陆，义正心诚感宋连。

（半·微）

闲云半掩天边月，细柳微摇水面风。

顷我微词规失足，争他半路醒回头。

四 唱

（云·鹤）

惊天雷自云峰起，动地诗从鹤岭来。

南际春风云化雨，西山秋月鹤迎霜。

南际溪清云不老，西山松秀鹤长居。

（行·动）

神舟仓演行天曲，赤县人歌动地诗。

君子逢危行义举，小人见色动邪思。

大渡桥横行万马，金沙水拍动千军。

莫与强梁行礼让，休为黑恶动慈悲。

两岸亲宜行玉帛，一家人不动干戈。

孔家《论语》行中外，屈子《离骚》动古今。

挂印抗秦行六国，窃符救赵动三军。

琴棋书画行天下，歌赋诗词动古今。

三人上演行天曲，十亿高吟动地诗。

秋风多伴行云月，夏雨常携动地雷。

治政须严行国法，营私不许动公权。

神州已筑行天路，月宇将迎动土人。

金元大国行空坠，美贷危机动地来。

清廉门第行为正，贪腐官员动作刁。

乐见清廉行正道，慎防贪腐动邪招。

五 唱

（流·景）

若非民饿成流寇，那有君亡上景山。

幼逢乱世寒流恶，老喜嘉年晚景香。

（诗·月）

屋有楼台观月近，家无经史作诗难。

驾箭蟾宫追月姊，乘舟玉宇觅诗仙。

（金·石）

财盈美女藏金屋，功著英雄载石碑。

官场逐利谋金币，帝国争雄看石油。

琼楼月夜鸣金管，玉阙春宵听石弦。

尚有贫民居石窟，勿容豪吏盖金堂。

六 唱

（诗·酒）

江南才饮黄花酒，塞北已吟白雪诗。

（动·浮）

渠通南北龙根动，线架东西电脉浮。

雷鸣电闪三山动，雪拥云横五岳浮。

贰、比翼格

（新·老）

茅屋当年迎老革，铁窗今日锁新贪。
昔岁除妖迎老帅，今朝清腐拥新贤。
春迎白鹤新人秀，岁展红旗老社昌。
喜迎老县山川美，爱唱新城岁月红。
江山迎纳新肱股，岁月呼归老栋梁。

（甘·苦）

苦口婆心多善意，甘言蜜语少真情。
同甘未必同心志，共苦才知共胆肝。
苦读古今观世道，甘从畎亩学人生。
三餐莫忘耕耘苦，一饭当思藜藿甘。

（远·深）

远怀家国安危事，深系黎元冷暖心。
远历崎岖知世道，深尝藜藿悟人生。
远怀先哲兴邦策，深赞新贤治国才。
深恶骄奢坑子弟，远从勤险戒妻孥。
水远未尝虾蟹美，山深早识笋菇香。
根深叶茂红旗社，源远流长白鹤待。
宦海沉浮曾远涉，商场坎坷亦深尝。
贫富悬殊堪远虑，黑黄横逆更深忧。
风月门墙须远避，江湖酒肉莫深交。
赃官大树盘根远，黑恶长藤错节深。
基因项目建功远，纳米工程造福深。

（正·平）

忠昭肝胆平戎策，义撼山河正气歌。

官能正直民冤少，吏若平庸里怨多。

心平不受花言左，身正何忧月影斜。

欲正官风先治党，为平民怨早清贪。

正道高僧明五戒，平头大款暗三陪。

正太车中倭胆裂，平型关下日魂嚎。

心平鄙看功名禄，气正羞闻酒色财。

史记千秋存正逆，地行万里有平高。

策定平戎闻万古，歌凭正气播千秋。

治国良臣皆正直，兴邦名将不平凡。

叁、魁斗格

（江·山）

江上日红鱼跃水，天边月冷鸟还山。

（流·云）

流芳百代延河水，赞誉千秋井冈云。

流言迷惑起风浪，假话揭穿澄雾云。

肆、蝉联格

（放·歌）

曲从杨柳楼心放，歌自桃花扇底来。

（绿·杨）

竹笋生成豌豆绿，杨梅熟透荔枝红。
东风拂荡千山绿，杨柳招摇万户春。

伍、碎锦格

一、三 字

（满·庭·芳）

雪满峰峦梅吐艳，风盈庭院菊飘芳。

异草奇芳盈上苑，祥云瑞霭满中庭。

（有·多·好）

有数名山多住佛，无穷好水尽藏龙。

秋月多情宜作画，春花有意好题诗。

财多少有终生富，花好唯无百日红。

（诗·人·节）

冯唐节下冤人笑，杜甫诗中怨妇啼。

美酒当迎佳节饮，好诗应向会人吟。

煮豆为诗惭魏帝，牧羊持节感胡人。

古国诗词传盛世，儒家节义育新人。

人似黄花馨晚节，诗如春雨润新芽。

画梅有节如高士，赏雪无诗是俗人。

人无骨节身难立，诗有情怀境自深。

四海龙人迎古节，千年诗国展雄风。

宁德词人高气节，蕉城诗女富情钟。

（中·秋·月）

盖春秋惊世界，名垂日月振中华。

秋雁啼迷云里月，晨鸡惊起梦中人。

古月琴中声未老，菱花镜里鬓先秋。

风月场中无黑白，春秋笔下有人妖。

花好月圆秋正茂，官廉民富国中兴。

秋胡错戏房中侣，后羿难回月里娇。

民冤六月飞霜下，天怒三秋不雨中。

十月除妖平内乱，卅秋治国步中兴。

平乱英雄功十月，中兴贤达誉千秋。

千秋伟业三中定，十月红旗四代传。

天上神舟追日月，寰中人杰谱春秋。

人从柴米忙中老，月在儿孙梦里秋。

（迎·新·岁）

茅屋当年迎老革，铁窗今岁锁新贪。

画好红梅辞旧岁，迎来白雪送新诗。

江山迎纳新肱股，岁月呼归老栋梁。

喜迎老县山川美，爱唱新城岁月红。

春迎白鹤新人秀，岁展红旗老社昌。

岁月花红迎后秀，河山春暖见新贤。

和谐展现新人智，礼义迎回古岁情。

迎廉清腐山川秀，扫黑除黄岁月新。

喜迎富老金千锭，休问新郎岁几旬？

江山接棒新人秀，岁月迎春老国熙。

昔岁除妖迎老帅，今朝清腐拥新贤。

二、四 字

（红·旗·老·人）

旗亭老酒迎新客，画阁红芳会故人。

红炬长明先老慰，大旗永竖后人擎。

219

鸨老兜存红粉泪，旗亭梦断丽人心。

江舫灯红髯老唱，旗亭月白玉人吹。

旗亭美酒人当醉，花巷红灯老莫迷。

旗开得胜新人美，马到成功老将红。

画阁佳人思月老，旗亭才子唤红娘。

夺冠升旗多老将，走红得宠尽佳人。

灯幻旗迷人起伏，楼红梦老世沧桑。

延河战士人皆老，井冈征旗色永红。

红色新人频问鼎，黄肤老将又升旗。

老市人迎千国客，红都灯照五环旗。

红袖人夸梁氏鼓，白衣老赞岳王旗。

问鼎北京人未老，升旗雅典冕初红。

鹤岭花红山不老，旗峰人秀水长流。

开国先人年已老，擎旗后辈路方红。

新人今日传红棒，老帅当年举义旗。

（流·云·周·岁）

绚日云霞周复始，流金岁月去还来。

祥云瑞日民思邓，凛岁寒流士祀周。

周勃除奸匡汉岁，赵云夺斗截江流。

（惠·风·和·畅）

路通货畅城乡惠，雨顺风调天地和。

力导和谐宽国惠，畅行礼义振家风。

广施惠泽安民策，畅导和谐治政风。

吏廉民畅山河靖，风正时和德惠施。

（余·热·生·辉·4选3）

冷月辉寒生百感，暖壶酒热解千愁。

残烛余光生万念，新杯热酿解千愁。

谋生半辈经凉热，涉世余年识苦甘。

先烈红花生锦绣，后贤热血创辉煌。

一片丹心生晚照，百年热血化春辉。

名儒辉自勤耕出，美女星从热捧生。

改革热潮生锦绣，腾飞快马创辉煌。

诗风多在余年热，人杰常由逆境生。

有心尽发生前热，无意空余身后名。

半辈曾经生与死，余年更识热和凉。

热血满腔生烈焰，丹心一片映红辉。

幸得余年生盛世，敢凭热血写新天。

康生理论文余臭，陈毅诗词字闪辉。

三、五 字

（高·峡·出·平·湖）

险峡危湖存侠客，高山平野出贤人。

陆、晦明格

（茶·酒）

茶贾向津龙井镇，牧童指路杏花村。

朋比小人千盏宴，知交君子一杯茶。

柒、分咏

（日出·菊）

红镜初浮东海面，黄芳不落北风中。
蝉鸣西陆黄花吐，霞照东天彩燕飞。

（兰亭·马）

挂印封金归赤兔，流觞修禊刻神龙。

（云·雨）

通天黑絮随风去，遍地甘霖润物来。

（神舟号·新年）

三号飞船奔月窟，一声爆竹换桃符。

（马·眼镜）

名添蛇上含冤甚，命落羊前受苦多。
目配阴阳观远近，棋同车炮比输赢。
洞明远近随君戴，驰骋西东任我驰。

（暖水袋·邮递员）

日间涉足登万户，夜里投怀热一身。
助君圆就温柔梦，为众频传友谊音。

（龙·粽）

箬叶包身藏黍糯，金麟披体管鱼虾。
图虬再试叶公胆，角黍常思屈子魂。
包箬投鱼酬屈子，摘珠作马载唐僧。

（拐杖·手机）

上路随持因有话，过桥便弃太无情。

行路过桥三只脚，藏腰贴耳数声铃。

（太阳帽·笔记本）

头上皤冠传雅韵，腰间小册纪玄机。

白冠尽展兰天下，大事常存小簿中。

（笔·模特）

长居衣铺充佳丽，独领文房作大哥。

诗文书画由它作，绸缎丝罗任我穿。

泼墨传神情可述，披装待客口难开。

（香港·长城）

九七还珠思邓老，千年筑垒话秦皇。

珠还洗雪百年耻，夫死啼崩万里墙。

英帝三番谋宝地，秦皇万里筑高墙。

八达岭前黄菊傲，九龙岸畔紫荆妍。

万里龙盘寒雁越，百年珠返紫荆开。

筑壁千秋安北国，还珠十载亮南疆。

（动车、菊）

钻洞龙群穿感德，冲天香阵透长安。

饮露迎霜金粉黛，穿山越海铁蛟龙。

穿桥过洞长龙捷，饮露迎霜黄蕊香。

金甲迎霜芳雁北，铁龙傍海热闽东。

彭泽霜荣金粉黛，宁川电走铁蛟龙。

帘卷西风黄蕊吐，笛鸣东海铁龙奔。

东海洞桥奔铁马，西风霜露舞霓裳。

铁马时行三百里，黄芳岁艳万千家。

花傲西风迎晚露，龙驰东海接朝晖。

黄花开后百花杀，宁铁铺成千铁连。

花芳彭泽秋霜冷，龙走宁川春日红。

花芳南岸千家赏，龙进宁川百道通。

捌、合 咏

（如意塔）

宝身已托天王李，雅号何来武后周。

难事王敦吟老骥，不为法海锁盟鸳。

（长城）

万里龙蟠封汉界，千年虎视挡胡兵。

玖、改诗

（三四字"应无""唯见"）

世上应无人不老，天边唯见月长圆。